KB268508

근현대소설
흐름 미리보기

소설이 낯선 청소년을 위한

근현대소설
흐름 미리보기

ⓒ 최미경, 2025

초판 1쇄 발행 2025년 06월 25일

저자	최미경
펴낸이	최신애
기획	최신애
편집	편집팀
발행처	지잇북스
주소	대구 동구 과학로 13길 6-1 5층
문의	zzolmark@naver.com

출판등록 | 제 2021-000002호

ISBN   979-11-985420-4-5 (43800)

소설이 낯선 청소년을 위한

근현대소설
흐름 미리보기

◇ 최미경 지음

Zxit
지앗북스

프롤로그

저는 늘 배움에 목마른 사람이었습니다. 공부와 글쓰기를 즐겨 하며 무언가 찾아서 많이도 방황하였습니다. 결혼 후 늦은 출산과 함께 육아는 제게 너무 힘들게 다가왔습니다. 육아 우울증으로 힘들어하는 가운데 독서 논술 지도사 과정을 취득하게 되었습니다. 글을 써 보기 위해 배워 본 독서 논술 지도사 과정은 저의 삶을 바꿔놓았습니다.

첫 시작은 「자전거 도둑」이라는 박완서 작가의 작품과의 만남이었습니다. 여섯 작품은 제 인생에 큰 변화를 가져다주었습니다. 물질만능주의를 살아가는 사람들의 모습을 통해 어떻게 현대를 살아가야 하는지 생각하게 되었습니다. 열심히 작품들을 읽고 분석하며 그 속에서 시대상을 발견하게 되었습니다. 그 재미를 딸아이와 함께 작품을 읽어 나가며 즐길 무렵 만난 두 작품이 있습니다. 아직도 가슴 먹먹하게 남아 있는 작품입니다. 이태준 작기의 「꽃나무는 심어 놓고」와 교과서 속 수록 작품인 윤흥길 작가의 「기억 속의 들꽃」입니다. 일제 강점기와 6.25 전쟁을 겪지 않아도 그 두 작품을 통하여 민중들의 삶이 어떠했는지를 고스란히 들여다볼 수 있었습니다.

「꽃나무는 심어 놓고」는 일제 강점기에 터전을 잃고 방황하는 농민의 비참한 삶을 담아 놓은 작품이었습니다. 실제로 그 당시 일제는 국화인 사쿠라를 심게 해 애국을 강요하고, 순응하고 충성하게 했었는데 작품 속에시 지주의 횡포에 사쿠라를 심어 놓고 주인공 부부는 고향을 떠나게 됩니다. 일제의 수탈이 심해 농촌에서 먹고 살기가 힘들어 서울로 상경했지만, 아내와 헤어지고 아이는 죽고 시간이 흘러 기모노를 입은 아내를 만났을 때 그 참담함은 잊히지 않는 한 장면이었습니다. 「기억 속의 들꽃」은 6.25 전쟁을 겪진 않았어도 사회 문화적 배경으로 전체적인 의미를 파악할 수 있었고 현재의 관점과 맥락에서 작품을 감상할 수 있었습니다. 어린 시절 TV 속에서만 만나 봤던 피란을 떠나는 사람들, 휴전 협정, 남북 이산가족 상봉 등을 6.25 전쟁과 관련하여 생각해 볼 수 있었던 작품이었습니다. 전쟁으로 인해 부모를 잃은 명선이의 삶을 통하여 더 또렷이 6.25 전쟁을 통한 참담한 삶을 경험하게 되었습니다. 그러면서 아이와 하나하나 역사적 배경까지 찾아가며 작품을 읽고 나니 한 편의 근현대소설만 잘 읽어도 역사 공부는 함께 된다는 것을 발견하게 되었습니다.

저는 계속 배움을 이어 나가고 싶은 마음이 간절해져서 대학원 국어 국문학과에서 근현대소설을 전공하게 되었고, 지금은 박사과정을 진행하고 있습니다. 오늘도 제 아이와 우리 학원 친구들을 위해 책을 들고, 책 속의 인물들을 다양한 시선과 비판적 사고로 분석하며 시대적 배경과 공간적 배경을 풀어 가며 작품을 분석합니다.

현장에서 우리나라 근현대소설을 아이들과 함께 읽다 보면, 학생들이 어려워하는 모습을 자주 마주하게 됩니다.

그런 모습을 보며, 시대적 배경과 함께 근현대소설을 좀 더 쉽게 읽을 수 있으면 좋겠다는 바람을 가지게 되었습니다. 그래서 당시의 시대 흐름과 연결하여 소설 작품을 풀어내려 노력했습니다. 제가 감흥을 느낀 작품들 가운데, 시대를 대표하는 작가의 대표작이나 덜 알려진 단편들을 골라 담았습니다. 청소년기를 지나고 있는 제 딸에게 당시의 정황을 이야기하듯 글을 써 내려갔습니다. 먼저는 저의 초고를 읽고 청소년의 시선으로 조언을 아끼지 않은 딸에게 감사를 전하고, 공부를 시작하는 그날부터 지금까지 물심양면으로 지원을 아끼지 않는 남편에게 고맙고 존경한다는 말을 전합니다.

이 책을 준비하던 수많은 불면의 시간이 결코 쉬웠다고 할 수 없지만, 저를 더 단단하게 해 준 시간임에는 분명합니다. 어린 아이를 키우며 몸은 지쳐도 저의 꿈은 식지 않더니, 이제 미진하지만 한 권으로 출간함에 하나님께 감사를 드려봅니다.

목차

1부

근현대소설
흐름

너는 문학에서 어떤 장르를 좋아하니? 소설을 즐기든 즐기지 않든, 이야기는 우리 삶의 곳곳에 영향을 미치고 있어. 허구의 이야기는 그저 유희만 주는 게 아니라 인생의 의미도 깊은 울림으로 전해 주지. 소설을 단순히 재미있는 이야기라고만 할 수 없는 이유야. 우리에게 익숙한 근현대소설의 초기 모습이 궁금하지 않니? 근현대에 발표된 여러 작품을 직접 접하기 전에 1900년대에서 1950년대까지 전체 흐름을 먼저 살피는 여행을 해 보면 어떨까? 소설은 그 시대의 모습을 엿볼 수 있는 타임머신 같아. 소설을 통해 우리 할아버지, 할머니 세대가 어떻게 살았고, 어떤 걱정과 꿈을 가졌는지 알 수 있지.

예를 들어, 이광수의 「무정」을 읽어 보면 처음에는 등장

인물들이 낯설게 느껴질 수 있어. "왜 이 사람들은 이렇게 행동할까?"라고 생각할지도 몰라. 하지만 그 시대의 역사적 배경을 알게 되면 인물들의 행동과 사건이 더 잘 이해되고 흥미로워질 거야. "아, 그 당시엔 이런 정황 때문에 이런 일이 있었고 주인공이 이렇게 행동하는구나!"라고 깨닫게 되는 거지.

소설은 역사를 깊이 이해하는 데도 큰 도움이 돼. 교과서의 역사는 때론 딱딱하고 지루하게 느껴질 수 있지만, 소설은 마치 우리가 그 시대에 사는 것처럼 생생한 느낌을 수거든. 1900년대부터 1950년대까지 우리나라는 많은 변화를 겪었어. 개화기를 통해 서양 문물을 받아들이며 근대화를 시작했고, 일본의 식민지 지배와 해방, 그리고 전쟁의 고난을 겪으며, 어려운 시기에도 작가들은 글을 멈추지 않았어. 그들의 소설은 그 시대 사람들의 아픔과 희망을 담고 있지. 이제 우리는 1900년대부터 1950년대까지의 소설을 하나씩 살펴볼 거야. 각 시대가 어떤 분위기였는지, 어떤 작가들과 작품들이 있었는지 알아보자. 잘 알려진 작품들뿐만 아니라 숨거진 보석 같은 소설들도 많으니, 새로운 발견을 기대해도 좋아.

　당부하자면, 이 책을 다 읽은 후, 실제 작품들도 꼭 읽어 보길 바라. 그럼, 작품에 대한 이해와 감명이 훨씬 더 깊어질 거야. 준비됐지? 이제 소설 속 특별한 여행을 시작해 보자!

1. 1900년대 소설
- 새로운 시대, 새로운 문학의 탄생

1900년대 대한제국은 근대화 노력과 일본의 침략이 교차하는 격동의 시기로 혼란이 극심했던 시기였어. 1905년 일본은 을사늑약을 강제로 체결하여 대한제국의 외교권을 박탈했지. 이는 사실상 일본의 보호국이 되는 결과를 만들어 주권 상실의 시작이 되었어. 그 후 1907년은 고종 황제가 상제 퇴위되고 순종 황제가 즉위하며, 1909년에는 안중근 의사가 하얼빈에서 이토 히로부미를 저격하는 등 중요한 사건들이 이어졌어. 이러한 혼란 속에서 작가들은 전통적인 소설 형식에서 벗어나 '신소설'이라는 새로운 형태의 소설을 창작했어. 신소설은 개화, 계몽 담론, 국민 담론, 교육 담론 등 새로운 세계상을 적극적으로 추구했어. 새로운 문명과 사상을 접한 사람들은 개인의 행복과 자유를 중시하는 이야기를 통해 사회를 변화시키려 했지.

　1900년대 초반 한국문학은 다양한 변화를 겪었으며, 이 시기는 '애국 계몽기'라 불리며, 여러 새로운 유형의 소설이 나타났어. 주로 신소설, 한문 소설, 토론체 소설, 역사 전기소설, 그리고 몽유록계 소설이 그런 유형이야.

　신소설은 1906년에 처음 등장했고, 한국 근대 문학의 시작으로 볼 수 있어. 이 소설들은 서구의 영향을 받아 형성되었고, 교육, 종교, 저널리즘의 발전으로 인해 새로운 사상과 교류가 반영됐어. 대표작으로 「혈의 누」가 있어. 한문 소설과 토론체 소설은 전통적인 형식을 이어 가면서도 계몽적인 내용을 강조했지. 역사 전기소설은 역사적 인물이나 사건을 통해 독자에게 교훈을 주려 했어. 몽유록계 소설은 꿈이나 환상을 통해 현실을 비판하고 계몽적 메시지를 전달하는 작품을 말해.

　이 시기의 소설들은 각기 다른 이념을 담고 있었지만, 국민을 계몽하고 올바른 방향으로 이끌려는 작가들의 문학적 사명이 공통으로 담겨 있었어. 다양한 소설들이 등장한

건 그만큼 그 시대의 사회적, 정치적 상황이 복잡하고 갈등이 많았다는 뜻이기도 해. 덕분에 우리는 그 시대 사람들이 무슨 생각을 하고 어떤 감정을 느꼈는지 엿볼 수 있지.

그 시절은 말 그대로 총체적 난국이었어. 구 봉건 사회가 무너지고 있었고, 외세의 침략 위협도 심각했거든. 작가들은 이런 상황 속에서 한 가지 목표를 가졌어. 바로 우리나라와 우리 문화의 정체성을 지키고 표현하는 일이었지. 외세의 위협 속에서도 글을 통해 우리의 존재를 지켜 내려는 노력, 그것이 이 시대 문학의 핵심이야.

이처럼 복잡하고 힘든 시기에도 희망과 국민 계몽의 메시지를 담은 소설들이 있었기에, 오늘날 우리가 우리의 역사를 이해하고 반성할 수 있는 거야. 1900년대 소설은 국가적 혼란 속에서 문학의 새로운 방향을 열어 가려는 노력이 깃든 결과물이야. 짧지만 굵게, 이 시기의 문학을 통해 문학이 어떻게 시대의 목소리를 담고, 사회를 움직이려고 했는지 간단하게 기록했어. 이제 다음 시대의 소설들을 통

해, 그 시기의 사회적, 문화적 배경과 문학의 변화를 함께
살펴보자.

2. 1910년대 소설
- 근대소설의 형성

1910년 8월 29일 일본은 한일병합조약을 통해 대한제국의 주권을 빼앗고, 조선을 일본의 식민지로 만들었어. 이후 헌병 경찰을 앞세워 강압적인 통치를 펼쳤지만, 우리 민족은 독립을 향한 열망을 포기하지 않았어. 1911년에는 일제가 독립운동을 탄압하기 위해 '105인 사건'을 조작하여 많은 애국지사를 체포하고 탄압하였어. 이 사건은 일제의 대표적인 조작극으로 민족운동을 위축시키려는 의도가 있었어. 이처럼 국권을 상실하고, 일제의 억압 속에 놓이게 되며, 민중들의 삶과 언론 및 출판의 자유도 제한되는 등 매우 힘든 시기가 이어졌어. 그러나 이러한 어려움 속에서도 작가들은 새로운 방식으로 소설을 발전시켰어. 전통적인 소설에서 벗어나 신소설, 단편소설, 장편 소설 같은 다양한 형식이 등장하면서 근대소설로 자리 잡기 시작했어.

근대소설은 새로운 서구 문명과 전통적인 조선 사회 사이에서 갈등을 반영하며 발전했지. 이 시기 일본 유학파들은 조선 사회의 모순에 반항하며 개인의 고독과 갈등을 소설로 표현했어. 단편소설은 주로 사회에서 소외된 사람들, 떠돌이, 희생된 자들의 이야기를 다뤘어. 언문일치(말과 글을 일치시키는 문체)가 확립되었고, 현실 문제와 개인의 내면이 갈등 관계를 이루는 것이 특징이야.

신채호는 당시 유행하던 신소설이 민족정신을 흐리게 한다고 비판하며 민족 중심 문학을 강조했어. 시대정신을 살린다는 논리를 내세워 「꿈 하늘」에서 한자어 사용을 자제하고 구어체 문장을 사용하여 장면 묘사에 생동감을 주고 노래를 사용하여 새로운 변혁을 시도했다고 해. 현상윤의 「한의 일생」의 시대 변화에 적응하지 못한 주인공이 비극적 삶을 겪는 이야기를 통해 당시 사회 모순을 사실적으로 그렸어. 이광수의 「무정」은 한국 최초의 근대 장편 소설로 평가받고 있어. 전통적인 유교 윤리를 비판하고 개인의 각성과 시대 의식을 일깨웠어. 이광수는 소설을 통해 점진적인 사회 발전과 개인의 성장을 강조했어.

이후 1919년, 3·1운동 이후 《창조》라는 순수문예지가 처음으로 나왔어. 김동인, 전영택, 주요한 등이 중심이 돼서 만든 거야. 이들은 정치가 아닌 순수 문학 활동에만 전념하겠다고 선언했지. 전문적인 작가와 시인으로서 장르상 구분하여 근대적 창작 분야의 전문성을 주장하고 신문학 활동의 리더임을 자부했어. 김동인은 자연주의와 리얼리즘을 바탕으로 예술성을 중시한 소설을 썼으며, 대표작으로 「배따라기」, 「감자」가 있어. 전영택은 사람들의 실제 삶을 사실적으로 표현하려고 노력했어. 작품에서는 드라마틱한 비극보다는 현실적인 인생의 모습을 담아내려고 했지. 그의 작품으로는 「화수분」, 「소」가 있어.

1910년대 근대소설은 식민지 시대의 아픔 속에서 서구 문화를 받아들인 작가들이 개인과 사회의 갈등을 새로운 시각으로 그려 냈어. 이때 단편과 장편 소설이 발전했고,

창조파의 문학 활동 등을 통해 한국 근대소설의 기초가 확립된 시기였어. 이처럼 고난의 시기 속에서도 문학은 좌절하지 않고 새로운 형식과 메시지를 만들어 냈어.

3. 1920년대 소설
- 식민지 현실과 인간 내면 탐구

1920년대에도 우리나라는 여전히 일제의 지배 아래에 있었어. 3·1 운동 이후 많은 이들이 좌절감을 느끼고 있었고, 이에 따라 일제는 강압적인 무단통치에서 겉으로는 유화적인 문화통치로 전환했지. 그리고 언론과 출판의 자유를 허용하는 척했지만, 실제로는 여전히 조선을 철저히 통제하고 있었어. 또한, 1925년 조선공산당이 창립되면서 노동자와 농민 사이에 계급의식이 확산되었고, 사회주의 사상도 퍼지기 시작했어. 이는 계급투쟁과 사회 구조의 모순을 주제로 한 '신경향파 문학'이 등장했지. 그 속에서도 작가들은 민족 현실의 아픔과 개인의 고민을 다양한 방식으로 소설에 담아냈어. 이 시기의 소설은 개인적 삶과 사회적 삶, 두 방향으로 전개되며 본격적인 근대소설의 모습을 갖추기 시작했지.

소설은 인간 삶에 대한 호기심에서 출발한 문화야. 작가들은 소설을 통해 인간과 인간, 인간과 사회(혹은 제도) 사이의 관계를 그리며 자신만의 세계관을 펼쳐 보여. 1920년대에 들어서면서 소설은 한편으로는 인간 내면의 갈등을 탐구하고, 다른 한편으로는 사회 문제를 정면으로 다루는 두 흐름으로 나뉘게 돼. 작가가 세상을 어떻게 바라보느냐에 따라 작품의 주제와 표현 방식도 각기 달라졌지.

김동인은 '있을 수 없는 세계'를 다루면서 소설 속 세계를 작가가 마음대로 조종할 수 있다고 믿었어, 이러한 특징은 그의 작품 「감자」에서 잘 보여 줘. 가난한 농부의 아내인 복녀가 생계를 위해 감자를 훔치다 중국인 왕 서방과 부적절한 관계를 맺고, 결국 비극적인 결말을 맞이하는 과정을 그려 냈어. 이를 통해 인간의 욕망과 타락을 사실적으로 묘사하며, 자연주의와 리얼리즘의 특징을 작품에 담아냈어. 염상섭은 현실 세계를 사실적으로 묘사하며, 작가는 삶을 임의로 조작할 수 없다고 봤어. 그는 이러한 현실주의 기법을 통해 일상생활과 사회적 문제를 세밀하게 그려 냈어. 그 대표작으로는 일제 강점기 지식인의 내적 갈등과 사회 현실을 사실적으로 묘사한 「만세전」이 있어. 현진건은 사회 문제에 깊이 공감하며, 함께 살아가는 이들의 고통을 작품에 담아냈어. 그의 대표작인 「운수 좋은 날」은 가난한 인력거꾼 김첨지의 비극적인 하루를 통해 서민들의 삶을 생생하게 묘사했어. 김첨지는 병든 아내를 두고 일하러 나가 뜻밖의 큰돈을 벌지만, 집에 돌아와 아내의 죽음을 맞이하게 돼. 이러한 아이러니한 전개를 통해 작가는 당시 하층민의 고단한 현실과 삶의 비극성을 사실적으로 그려 냈어.

식민지 시대를 배경으로 한 소설들은 당시의 가난과 고통을 더욱 구체적으로 묘사했어. 최서해는 「탈출기」를 통해 가난한 사람들의 삶을 생생하게 묘사했어. 이익상은 「광란」과 「쫓기어 가는 이들」에서 도시 노동자와 농촌의 가난 문제를 소설로 그렸어. 나도향은 하층민의 고통을 그렸지만, 새로운 계급 구조를 깊이 이해가 부족했다는 평가를 받기도 해. 그의 대표작은 「벙어리 삼룡이」이야.

또, 1920년대 한국문학은 사회주의와 통속소설의 갈등이 두드러졌어. 카프(KAPF)는 1925년에 결성된 사회주의 문학 단체로, 노동자와 하층민의 고통을 강조하며 사회주의 리얼리즘에 기반한 문학 운동을 전개했어. 최승일의 「바둑이」는 민중의 분노와 복수심을 자극하였으나, 너무 이념적으로 치우쳤다는 비판을 받았어.

박종화는 「목 매이는 여자」를 통해 일찍부터 역사소설에 관심을 보였고, 이후로도 줄곧 역사소설만 썼어. 그보다 앞서 이광수, 김동인, 염상섭 같은 작가들이 이미 신문에 연재하는 방식으로 대중적인 역사소설을 써서 많은 독자를 확보했지. 그런데 이런 소설들은 작가의 진지한 예술 정신보다는, 검열을 피하고 돈을 벌기 위한 목적이 강했어. 그래서 문단이 '작가 정신을 추구하는 문학'과 '대중을 위한 통속문학'으로 나뉘게 되었고, 초창기 문학의 발전에 여러 문제를 일으켰어.

식민지 시대의 소설은 농촌 현실에 대한 시각을 담고 있어. 이기영은 「농부 정도룡」을 시작으로 농민과 소작쟁의를 다룬 소설을 썼으며, 프로 문학 운동을 대표하는 작가로 농민 착취 문제를 의도적으로 부각했지만, 지나친 계급투쟁 의식이 문학성 약화로 이어지기도 했어. 조명희의 「농촌 사람들」은 농촌의 참상보다는 분노와 규탄을 앞세웠어. 심훈은 농촌 계몽 소설 「상록수」를 썼지만, 농민의 고통을 충분히 공감하지 못했다는 지적이 있어. 한편, 순수 문학과 현실 문학의 갈등도 두드러졌어. 이효석과 이태준은 흔히 '순수 서정소설' 작가로 알려졌지만, 실제로는 일제 탄압을 피하기 위해 서정성을 내세운 경우가 많아. 이효석은 「메밀꽃 필 무렵」처럼 아름다운 작품 외에도 「도시와 유령」, 「행진곡」 등에서 사회 현실에 대한 관심을 드러냈어. 이태준은 「꽃나무는 심어 놓고」를 통하여 농민의 고난을 다루면서도 희망을 잃지 않게 했어. 채만식은 「치숙」을 통하여 사회 문제를 날카롭게 비판했지.

자, 어때? 1920년대 소설의 특징을 이해하는 데 도움이 되었어? 이 시기의 작품들을 읽어 보면, 우리 할아버지, 할머니 세대가 어떤 삶을 살았는지 이해하는 데 도움이 될 거야. 1920년대 소설은 그 어려운 시기에도 문학으로 큰 역할을 해냈어. 작가들은 현실의 아픔을 소설로 풀어내면서, 우리가 과거를 이해하고 느낄 수 있게 도와줬지. 이 소설들은 오늘날 우리가 그 시대를 배우고, 느끼는 데 정말 중요한 부분이야.

4. 1930~1945년대 소설

- 다양한 소설 등장

1930년대부터 1945년 해방 전까지의 주요 사건들을 볼 때, 일제는 전쟁 수행을 위해 조선의 인적, 물적 자원을 강제로 동원하여 전시 동원 체제를 강화했어. 그리고 조선인들에게 일본식 성명을 바꾸도록 강요하며 창씨개명 정책을 시행했지. 그리고 우리말과 글을 지키기 위해 활동하던 조선어학회 회원들이 일세에 의해 체포되고 단입을 빚았어. 이러한 사건들이 당시 조선인들의 삶과 문학에 깊은 영향을 미쳤어. 한국 소설은 일제의 극심한 억압, 사회와 경제의 불안정 속에서도 다양한 경향을 보였어. 이 시기의 작가들은 현실을 직설적으로 비판하거나, 상징과 우회적 표현을 통해 메시지를 전했어.

비판적 리얼리즘 작가들은 제한된 환경 속에서도 사회

현실을 직시하고 직접 비판하며 작품에 담아내려고 했지. 이태준은 힘든 삶을 아름다운 문체로 표현하였고, 채만식은 풍자적 기법을 통해 식민지 상황을 우회적으로 비판했어. 박영준과 이무영은 농민들의 삶에 관심을 가지고 그들의 현실을 사실적으로 묘사했어.

현실 도피적인 경향을 보인 일부 작가들은 인간의 내면과 일상적인 삶을 독특한 시각으로 묘사했어. 이효석은 사랑과 인간관계를 서정적으로 묘사한 대표 작품은 「메밀꽃 필 무렵」을 발표했고, 김유정은 1930년대 한국 농촌의 모습을 그리면서 유머와 해학으로 풀어낸 「동백꽃」과 「봄봄」을 통해 현실의 고통을 완화하고자 했어. 이상과 박태원은 도시의 소시민 삶을 관찰하며 독특한 스타일 「날개」와 「소설가 구보씨의 일일」을 각각 발표했어. 또한, 이 시기에는 김동리와 황순원 등 신인 작가들이 등장하여 한국문학을 더욱 풍부하게 만들었어. 이처럼 1930년대 한국문학은 다양한 표현과 스타일로 시대의 어려움을 다루며 발전하였어.

　이 시기 소설들은 현실을 비판하고, 어떤 작품은 아름다운 자연을 그리고, 또 어떤 작품은 우리의 전통을 지키려고 해. 작가들은 일본의 감시를 피해 때로는 상징과 은유를 사용하거나, 아름다운 풍경 속에 메시지를 숨기는 방식으로 자신의 생각을 표현했어. 이러한 작품들을 통해 당시 조선인들의 삶과 문학에 대한 깊은 이해를 찾아볼 수 있어.

5. 1945~1950년대 소설
- 해방 이후의 소설

　이 시기는 우리나라가 일본의 식민 지배에서 벗어나 해방된 직후라서 '해방 공간'이라고 불러. 해방의 기쁨이 가득했지만, 동시에 새로운 문제들도 생겨났어. 미 군정과 소련 군정의 통치가 시작되며 이는 이후 한반도 분단과 이념 갈등의 배경이 형성되었어. 이로 인해, 좌우 대립과 정치적 혼란이 심화되었고, 1948년 8월 15일은 대한민국 정부가, 같은 해 9월 9일에는 조선민주주의인민공화국이 수립되어 남북한의 단독 정부가 들어서게 됐어. 작가들은 이러한 혼란 속에서 우리 문학을 새롭게 세우기 위해 고민했지. 사회적 혼란과 이념적 갈등을 작품에 담아내며 문학의 방향성을 모색했어.

　해방 후 한국문학은 큰 도전에 직면했어. 주된 과제는

일제 식민지 시대의 문화적 잔재를 청산하고, 민족 문학을 재정립하는 깃이었이. 그러나 작가들 사이에는 계급문학과 순수 문학 사이의 갈등이 더 치열했어. 계급문학은 문학을 사회적 도구로 보고, 문학을 통한 사회 변화를 추구했어. 해방 직후 '조선 문학 건설본부'를 설립하며 노동자와 하층민을 위한 문학을 강조했지. 반면, 순수 문학은 문학의 예술성과 인간성을 중시했어. 김동리 같은 작가들은 인간성 옹호와 개성 신장을 문학의 본질로 여겼어. 정치적 혼란과 사회적 변화는 소설 창작에 여러 어려움을 주었지만, 작가들은 민족적·사회적 문제와 개인의 내면을 탐구하며 새로운 문학을 구축했어.

이 시기의 소설은 다음과 같은 다양한 흐름으로 전개되었어.

1) 해방 전후의 현실을 있는 그대로 보여 주는 소설로 당시의 사회적 혼란과 사실적 묘사로 현실을 직시했어. (예: 김영수「혈맥」)

2) 일제의 잘못을 반성하는 소설은 부정적인 영향과 사회
   적 문제를 돌아보게 했어. (예: 이광수「도산 안창호」)
3) 해방 후 혼란을 풍자하는 소설은 독자들에게 경각심
   을 일깨웠어. (예: 채만식「맹순사」,「논 이야기」)
4) 인간의 본성과 예술을 탐구하는 순수 문학 소설도 등
   장했어. (예: 김동리「역마」, 황순원「목넘이마을」)
5) 계급의식을 고취하며 프롤레타리아 혁명을 선동하는
   소설로 노동자와 하층민의 계급의식을 높이고 사회
   변혁을 촉구하는 소설도 있었어. (예: 이태준「농토」)

해방 직후 혼란 속에서도, 작가들은 우리 문학을 새롭게 만들어 나가려고 노력했어. 계급문학부터 순수 문학까지 다양한 스타일로 이야기를 풀어나가며, 그 시대 사람들이 어떤 고민을 했는지, 무슨 생각을 했는지 보여 주었지. 이 시기의 소설을 직접 읽어 보면, 위의 말이 무슨 의미인지 알겠지?

6. 1950년대 소설
- 한국전쟁과 1950년대 소설의 형성 배경

1950년대 한국 소설은 한국전쟁의 직접적인 영향을 받았어. 작가들은 전쟁의 참혹한 모습과 그로 인해 생긴 사회의 혼란을 다양하게 그려 냈지. 전쟁은 단순한 배경이 아니라 이야기의 중심 주제가 되었고, 사람과 사회를 깊이 성찰하게 만들었어. 한국전쟁은 1950년 6월 25일에 시작되어 1953년 7월 27일 휴전 협정이 체결되기까지 약 3년간 이어졌어. 이 시기 소설은 전쟁의 비극뿐 아니라 전후의 상처와 혼란까지 사실적으로 드러냈어. 이러한 현실도 소설에 반영되어, 사회를 비판하거나 인간다운 삶을 고민하는 내용으로 이어졌지.

1950년대 이후 한국 소설은 전쟁의 영향을 받아 네 가지 유형으로 나뉘어.

첫째, 단순형은 전쟁으로 인해 인물들의 상황이나 성격이 급격히 변하는 구조야. 대표적으로 하근찬의「수난이대」가 있어.

둘째, 회복형은 변화를 거쳐 결국 전쟁 이전의 상태를 지향하는 구조야. 황순원의「학」이 대표야.

셋째, 순환형은 비극과 고통이 해결되지 않고 반복되는 구조야. 이범선의「오발탄」이 여기에 해당해.

넷째, 개방형은 결말을 명확히 닫지 않고 독자의 해석에 여지를 남기는 구조로, 전후의 불확실성과 혼란을 반영해. 대표 작품은 손창섭의「비 오는 날」이야.

1950년대에 나온 소설들은 전쟁을 직접 겪은 사람들이 쓴 게 많아서, 전쟁의 아픔과 이념 갈등의 문제를 진지하게 다루고 있어. 이러한 작품들은 생존에 대한 위기의식, 실존적 고민, 존재론적 불구의식, 윤리적 파탄과 역사적 수난 의식을 담고 있어. 그러나 일부 작품들은 단지 비극적인 순간을 포착하는 데 그치거나, 피상적인 반공 이념이나 휴머니즘에 머무르는 한계를 드러내기도 해.

7. 1900~1950년대 소설 여행의 마무리

1900년대부터 1950년대까지 한국 소설을 함께한 여정이 마무리되었어. 짧은 내용으로 50여 년의 흐름을 다 파악하기가 어려웠을 거야. 한 가지는 분명히 기억하길 바라. 근대화의 물결, 일제의 식민 지배, 해방과 전쟁까지의 혼란에도 작가들은 글쓰기를 멈추지 않았어. 그들은 소설을 통해 시대의 모습을 생생하게 기록하고, 사람들의 희망과 고통을 표현했어.

소설은 시대를 비추는 거울과 같아. 그 시대 사람들이 어떤 삶을 살았고, 무엇을 걱정하며 어떤 희망을 품었는지 보여 주지. 이 작품들을 읽으면 우리 할아버지, 할머니 세대가 얼마나 힘든 시기를 용기와 희망으로 버텼는지 이해할 수 있을 거야. 또한, 소설은 단순히 과거 이야기를 들려

주는 것에 그치지 않고, 우리가 사는 세상을 더 깊이 이해하게 해 주고, 앞으로 어떻게 살아야 할지 삶의 방향성을 제시해 줘.

아주 간략하게나마 근현대 시대 흐름을 훑어보았어, 이게 끝이 아니야. 앞으로 네가 직접 작품들을 읽으며 새로운 여행을 시작해 보길 추천해. 소설을 읽을 때마다 새로운 발견과 깊은 감동을 느낄 수 있을 거야. 이제 시기별 작품을 미리 살펴보면서 당대 흐름을 익히면 좋겠어. [1]

---

1) 김윤식, 김우종 외 38, 『한국현대문학사』, 현대문학, 1989, 참조.

2부

근현대소설 미리보기

1. 이인직 – 「혈의 누」(1906)

근대의 문을 두드리다, 「혈의 누」와 문명개화의 꿈

여는 질문

고전문학에서 근대 문학으로 넘어가는 변화의 시작점, 그 신호
탄이 된 작품은 무엇이었을까?

이인직의 「혈의 누」를 들어 본 적 있니? 이 작품은 제목
이 예스러운데, 뜻은 '피눈물'이야. 어떤 내용이길래 피눈
물이라는 제목을 지었을까? 요즘 문화에 익숙한 너에게는
어색한 표현일 수 있지만, 작품을 자세히 따라가다 보면
근현대 시대의 특징이 잘 담겨 있으면서도 오늘날 우리의
삶과 크게 다르지 않다는 걸 느끼게 될 거야.

근현대는 고대와 현대를 이어 주는 시대를 말하며, 정확
하게 몇 년부터 시작이라고 말하기는 어려워. 일반적으로

조선말에서 대한제국을 거쳐 일제 강점의 암울함을 벗어나 광복을 맞이하기까지를 말해. 이 시기를 정치적 격변기라고 할 수 있을 뿐 아니라, 문화양식도 큰 변화가 있었어. 서구 문물이 본격적으로 유입되면서 사회는 전통에서 현대로 조금씩 변모하기 시작했어. 예를 들면 지금은 너무 당연한 자유연애가 이 당시에는 혁신적인 신식 문화였던 거야. 이 시기를 근현대라고 이해하면 조금 더 와닿겠지?

이인직은 1900년대 일본으로 유학하였다가 일본식 정치소설이 자신의 목표와 다르다고 느꼈어. 그래서 그는 새로운 소설 형식인 '신소설'을 만들었지. 「혈의 누」는 우리나라의 최초 근대 작품으로 신소설이라 이야기해. 이 작품은 조선 말기에서 대한 제국까지 배경으로 변화하는 시대에 필요한 문명개화와 신교육 사상, 자유결혼이라는 근대적 계몽 이념을 담고 있으며, 고전문학의 전통적 서사 방식과 현대문학의 현대적인 주제와 형식을 연결하는 다리 역할을 하고 있어.[2]

---

[2] 김윤식·정호웅, 『한국소설사』, 문학동네, 2000, 39쪽 참조.

청일 전쟁이 일어나 옥련의 일가족은 서로의 생사를 모른 채 흩어지게 돼. 아버지 김관일은 부산에 사는 장인에게 가족들을 찾아 달라고 부탁한 후, 큰 뜻을 품고 미국 유학을 떠나게 되고, 옥련의 어머니는 가족을 찾다 모두 죽은 줄 알고 자살을 시도하게 되지. 하지만, 그녀는 구출되고 유학 간 남편을 외롭게 기다리며 살아가게 돼.

부모를 잃고 헤매던 옥련은 총탄을 맞아 상처를 입고, 일본인 군의관 이노우에 소좌의 도움으로 그의 양녀가 되고 일본에서 소학교를 다니게 돼. 그러다 이노우에 소좌가 전사하자 양어머니는 옥련을 구박하게 되고 양어머니의 구박에 견디지 못한 옥련은 결국 자살을 시도했어. 그러나 실패한 뒤 집을 나온 그녀는 우연히 기차에서 구완서를 만나게 돼.

구완서와 함께 미국 유학길에 오른 옥련은, 우수한 성적으로 신문에 실리고, 아버지 김관일은 그 신문을 보며 자기 딸을 찾게 돼. 구완서는 옥련과 함께 결혼할 것을 아버지 김관일에게 말하고 자신은 조선을 '문명한 강국'으로 만드는 데 힘쓸 테니 옥련에게는 '조선부인 교육'을 맡아 달라고 부탁해.

"오냐, 학비는 염려 마라, 우리들이 나라의 백성 되었다가 공부도 못하고 야만을 면치 못하면 살아서 쓸데 있느냐. 너는 일청 전쟁을 너 혼자 당한 듯이 알고 있나 보다마는, 우리나라 사람이 누가 당하지 아니한 일이냐. 제 곳에 아니 나고 제 눈에 못 보았다고 태평성세로 아는 사람들은 밥벌레라. 사람이 밥벌레가 되어 세상을 모르고 지내면 몇 해 후에는 우리나라에서 일청 전쟁 같은 난리를 또 당할 것이라. 하루바삐 공부하여 우리나라의 부인 교육은 네가 맡아 문명 길을 열어 주어라."[3]

이 소설에서는 일본과 청나라가 조선의 지배권을 놓고 다툰 전쟁으로 인해 위기 상황에서 미국으로 유학을 떠나

---

3) 이인직, 이해조, 『혈의 누, 자유종 외』, 한국헤르만헤세, 71~72쪽.

는 주인공들을 만나볼 수 있어. 구완서는 "우리나라가 또 다시 난리를 만날 때 사람이 밥벌레가 되어 세상을 모르면 똑같은 일을 겪을 수밖에 없다"라며 옥련에게 교육을 받아야 한다고 강조하게 돼.

옥련이가 구씨의 권하는 말을 듣고 조선부인 교육할 마음이 간절하여 구씨와 혼인 언약을 맺으니, 구씨의 목적은 공부를 힘써 하여 귀국한 뒤에 우리나라를 독일국같이 연방도를 삼되, 일본과 만주를 한데 합하여 문명한 강국을 만들고자 하는 비사맥(독일의 정치가 비스마르크) 같은 마음이요, 옥련이는 공부를 힘써 하여 귀국한 뒤에 우리나라 부인의 지식을 넓혀서 남자에게 압제 받지 말고 남자와 동등 권리를 찾게 하며, 또 부인도 나라에 유익한 백성이 되고 사회상에 명예 있는 사람이 되도록 교육할 마음이라.[4]

옥련이도 교육을 통해 조선 여성들의 지식을 넓히고, 여

---

4) 위의 책, 91~92쪽.

성들이 남성의 억압에서 벗어나 동등한 권리를 누릴 수 있
노록 돕고자 결심해. 여성의 권리 향상에 그치지 않고, 교
육을 통해 국가와 사회에 기여할 수 있는 유익한 구성원이
되도록 돕는 것이 자신의 사명이라고 생각했어.

이 당시 개화의 물결과 함께 신여성이 출현하며 여성에
게도 교육의 기회가 찾아오게 돼. 1900~1910년대 여학생
이미지는, 나라를 위해 힘쓰고, 새로운 문화를 만들어 가
는 중요한 사람으로 여겨졌어. 점점 더 많은 여학생이 생
겨나면서, 1920년대 이후에는 도시에서 새로운 문화를 이
끄는 수역이 되었어.[5]

> (옥련) "그대는 부인이 계신 줄로 알았더니…… 미국에
> 오실 때 십칠 세라 하셨으니, 조선같이 혼인을 일찍 하
> 는 나라에서 어찌하여 그때까지 장가를 아니 들으셨소."
> (구완서) "내가 우리나라에 있을 때에 우리 부모가 내
> 나이 열두서너 살부터 장가를 들이려 하는 것을 내가

---

5) 서지영, 『경성의 모던 걸』, 여이연, 1998, 94쪽 참조.

마다하였다. 우리나라 사람들이 조혼하는 것이 옳은 일이 아니라, 나는 언제든지 공부하여 학문 지식이 넉넉한 후에 아내도 학문 있는 사람을 구하여 장가들겠다. 학문도 없고 지식도 없고 입에서 젖내가 모랑 모랑 나는 것을 장가들이면 짐승의 자웅같이 아무것도 모르고 음양 배합의 낙만 알 것이라. 그런고로 우리나라 사람들이 짐승같이 제 몸이나 알고 제 계집 제 새끼나 알고 나라를 위하기는 고사하고 나라 재물을 도둑질하여 먹으려고 눈이 벌겋게 뒤집혀서 돌아다니는 것이 다 어려서 학문을 배우지 못한 연고라."6)

신여성이 등장하며 자유연애 사상과 교육의 기회가 점차 나타나기 시작했어. 첫 번째로 조혼제도와 자유결혼을 작품 속에서 엿볼 수 있어. 옥련이 구완서에게 "부인이 계신 줄로 알았더니 미국에 오실 때 십칠 세라 하셨으니, 조선같이 혼인을 일찍 하는 나라에서 어찌하여 그때까지 장가를 아니 들으셨소."라고 말하는 대화에서 우리나라의 조

---

6) 위의 책, 79쪽.

혼제도는 결혼 적령기보다 일찍 결혼했던 경향을 찾아볼 수 있어. 조선 시대에는 남성은 15세 이상, 여성은 14세 이상이 되면 혼인할 수 있도록 규정되어 있었어. 그러나 실제로는 11세에서 13세 사이에 혼인하는 조혼(早婚)이 흔했어. 이러한 조혼 풍습은 부모나 혼주(婚主)의 일방적인 합의로 이루어지는 경우가 많았어.

(구완서) "이 애 옥련아, 어-실체(체면을 잃음)하였구. 남의 집 처녀더러 또 해라 하였구나. 우리가 입으로 조선말은 하더라도 마음은 서양 문명의 풍속에 젖었으니, 우리는 혼인을 하여도 서양 사람과 같이 부모의 명령을 좇을 것이 아니라, 우리가 서로 부부될 마음이 있으면 서로 직접 하여 말하는 것이 옳은 일이다. 그러나 우선 말부터 영어로 수작하자. 조선말로 하면 입에 익은 말로 외짝해라 하기 불안하다."
-생략-
김관일은 딸의 혼인 언론을 하다가 구씨가 서양 풍속으로 직접 언론하자 하는 서슬에 옥련의 혼인 언약에

좌지우지할 권리가 없이 가만히 앉았더라.[7]

또한, 이 작품에서는 부모가 정해 준 배우자보다 서로 사랑하여 배우자를 선택하는 모습이 나와. 구완서가 옥련에게 "우리는 혼인을 하여도 서양 사람과 같이 부모의 명령을 좇을 것이 아니라, 우리가 서로 부부 될 마음이 있으면 서로 직접 하여 말하는 것이 옳은 일이다."라는 대화에서 자유결혼 의식이 담겨 있어. 부모의 결정에 따라 배우자를 만나는 것이 아니라 자기 뜻대로 배우자를 선택하려는 태도에, 아버지 김관일도 자신이 좌지우지할 권리가 없음을 알고 가만히 있게 돼.

그리고 구완서의 대화에서 신식 교육을 받은 여성을 배우자로 찾는 것을 확인할 수 있었어. "나는 언제든지 공부하여 학문 지식이 넉넉한 후에 아내도 학문 있는 사람을 구하여 장가를 들겠다."라고 말하는 대화에서 지식층들은 배우자를 선택할 때 자기 의사에 의해 결정하는 자유연애

---

7) 앞의 책, 90~91쪽.

를 엿볼 수 있으며, 아내를 고를 때, 구식이 아니라 배움을 갖춘 신식여성을 추구하는 모습을 볼 수 있었어.

「혈의 누」는 주인공 구완서와 옥련을 통해 지식층이 문명 강국을 만들려는 포부와, 여성들도 교육을 통해 의식을 일깨우며 남자와 동등한 권리를 추구했던 모습을 보여 줘. 또한, 가부장적인 봉건제도 아래에서 구 결혼제도를 폐지하고 자유연애로 신 결혼관을 받아들이는 자세를 보며, 개화기 시대의 문명개화, 신교육 사상, 자유결혼이 어떻게 자리 잡아 갔는지 알 수 있었어.

그들이 품었던 희망을 떠올리며, 니도 번회를 잘 관찰하고 계속 성장할 뿐 아니라 이끌 수 있는 존재가 되어야겠다는 생각이 들었어.

닫는 질문

이제는 우리도 더 나은 미래를 위해 어떤 역할을 해야 할지 고민해 봐야 하지 않을까?

2. 이광수 – 「무정」(1917)
배움과 성장, 그리고 우리가 만들어 갈 미래

교육은 대체 왜 필요한 걸까? 국가는 왜 교육을 중요하게 여길까?

교육은 아주 오래전부터 있었어. 고대 그리스 시절, 아리스토텔레스는 지식을 나누고 제자를 양성했으며, 우리 조선 시대 서당에서도 학문뿐만 아니라 살아가는 지혜를 배웠지. 오늘날 학교에서는 국어, 수학과 같은 기본적인 과목을 가르치며, 학부모와 학생들은 양질의 교육을 받으려 공교육과 사교육을 넘나들지. 그리고 수많은 학생이 대학 진학을 꿈꾸며 수능과 같은 큰 시험에 도전하고 있어.

이처럼 교육은 오랜 역사를 거쳐 현재까지도 사회의 중요한 기둥으로 자리 잡고 있어. 수능은 단지 성적을 평가하는 시험이 아니야. 학생들이 지금까지 쌓아 온 지식과 사고력을 바탕으로 자신의 미래를 설계할 수 있는 시작점이라고 할 수 있이. 이 과정을 통해 학생들은 새로운 목표를 설정하고, 그 목표를 이루기 위해 끊임없이 성장하게 돼.

「무정」을 떠올려 보면, 당시 조선 시대에서 교육은 단순히 학문을 배우는 것을 넘어 새로운 사회로 나아가기 위한 필수적인 도구였어. 형식과 병욱이 교육을 통해 자신을 깨우려 할 뿐 아니라, 사회를 변화시키고자 했어.

1910년대의 시대적 분위기는 어두웠어. 일제는 나라를 강세로 빼앗은 뒤 모든 분야를 자신들에게 종속시키러 했지. 그러니 우리 문화를 강제하고 억누르는 건 당연했어. 이때 새로운 교육을 받은 엘리트들 대부분은 일본 위주의 유학 경험이 있는 부유층 자제들이었어. 이들은 일본에서 서구 문화를 접하면서 스스로에 대해 더 깊이 깨닫기 시작했어. 자신의 개성을 존중하고, 개인의 행복과 자유나 평등 같은 가치에 눈을 뜨게 된 거야. 그러면서 조선 시대의 부당한 제도와 인권 억압 문제를 지적하려 했지. 특히 '삼종지도'(삼종지도는 예전에 여성들이 따라야 한다고 여겨졌던 세 가지 도리를 의미해, 첫째, 결혼 전에는 아버지, 둘째, 결혼 후에는 남편을, 셋째, 남편이 세상을 떠난 후에는 아들을 따라야 한다는 것)와 같은 여성 차별, 조혼으로 인해 개인의 행복이 빼앗기는 상황을 글이나 소설로 사람들에게 알리고 싶어 했어.[8]

춘원은 당시 식민지 조선의 민족 현실을 반영하며, 사회에 도움이 되는 공리주의적 문학관을 바탕으로 많은 작품을 썼다고 볼 수 있어. 그는 종교적 인도주의와 예술이 주는 감동을 강조한 '톨스토이의 사상'에 깊이 영향을 받았어. 사회 현실과 종교적 이상을 결합하여 인류의 구원이라는 큰 주제를 소설 속에서 다뤘고, 도산 안창호의 민족주의 사상인 무실역행사상(務實力行思想), 즉 실질적으로 옳은 일을 꾸준히 행동으로 실천해야 한다는 생각을 소설에 담았어. 민족을 깨우고 사회를 변화시키는 메시지를 소

---

8) 김윤식, 김우종 외 38, 『한국현대문학사』, 현대문학, 1989, 97쪽 참조.

설 속에 녹여 전달하고자 했지.[9]

그래서 영채는 세상에는 악한 세상과 선한 세상이 있고, 사람에는 악한 사람과 선한 사람이 있어, 각각 종류가 다르고 합할 수 없음이 마치 물과 기름과 같다 하였다. 그러나 영채는 점점 경험을 쌓아 감을 따라 또 이 진리도 깨달았다. 악한 세상은 선한 세상보다 크고, 악한 사람은 선한 사람보다 많다.[10]

영채는 아는 듯도 하면서도 말할 수는 없어 잠자코 앉았다. 월화는 영채를 이윽히 보더니.

"온 조선 사람이 다 자고 꿈을 꾸는데 함 교장 혼자 깨어 일어났구나. 우리를 찾아오는 소위 일류 신사님네는 다 자는 사람들인데, 그 속에 깨어 일어난 것은 함 교장뿐이로구나."

영채는 과연 그럴듯하다 하고,

"그러면 왜 하늘을 우러러 슬픈 노래를 부르나요?"

---

9) 위의 책, 104~109쪽 참조.
10) 이광수,『무정 1』, 한국헤르만헤세, 123쪽.

"깨어 일어나 본즉 천하 사람은 아직도 꿈을 꾸겠지. 암만 깨어라 깨어라 하여도 깰 줄은 모르고 잠꼬대만 하니 왜 외롭고 슬프지를 아니하겠느냐. 그러니까 하늘을 우러러 슬픈 노래를 부르는 것이지."

하고 영채의 손을 잡아 끌어다가 자기의 무릎 위에 엎디게 하고,

"그런데 나도 역시 하늘을 우러러 슬픈 노래를 부른다."

영채는 얼마큼 알아들으면서도,

"왜? 왜 슬픈 노래를 불러?"

"평양성 내 오륙십 명 기생 중에 나밖에 깬 사람이 누구냐. 모두 다 사람이 무엇인지, 하늘이 무엇인지도 모르는 중에 나밖에 깬 사람이 누구냐. 나는 외롭구나, 슬프구나, 내 정회를 들어 줄 사람이라고는 너 하나밖에 없구나."11)

이러한 문학관은 「무정」의 인물들을 통해 구체화되고 있어. 기생집에서 영채가 만난 '월화'는 단순한 기생이 아니

---

11) 앞의 책, 137~138쪽.

야. 월화는 자신이 다른 기생들보다 더 지적이고 정신적으로 깊은 곳에 있다고 느끼며, 주변 사람들을 "잠들어 있는 사람들"로 여겼어. 그런 자각은 오히려 그녀를 더 외롭고 절망스럽게 만들었고, 결국 스스로 생을 마감하게 돼.

기생으로서의 낮은 신분과 여성이라는 한계 안에서, 자신이 깨달은 진실을 세상에 펼칠 수 없다는 현실에 부딪힌 월화의 비극은, 당시 조선 사회 여성들이 겪었던 억압과 부당함을 선명하게 보여 주고 있어.

형식은 의외로 생각하였다. 형식의 생각에 계향은 몰리도 '이머니'는 영채의 말을 들으면 와락 성을 내며 '미친년! 죽기는 왜 죽어!' 할 줄로 생각하였었다. 그랬더니 영채의 죽었단 말을 듣고 슬피 우는 양을 보매 그 따뜻한 인정은 자기와 다름이 없다 하였다. 그리고 지금껏 기생이라면 자기와는 전혀 정신 상태가 다른 한 짐승과 같은 하등 인종으로 알던 것이 부끄럽게 생각되었다.

'어머니'는 한참이나 울더니 코를 풀며,[12]

영채는 부모가 정해 준 정혼자가 있었지만, 정절을 지키지 못했다는 죄책감에 유서를 남기고 평양으로 떠나게 돼. 뒤늦게 영채가 어릴 적 알던 여인이었음을 깨달은 형식은 그녀를 찾아 평양으로 향해.

형식은 영채를 찾아가는 길에 다방골 계월향 집 노파와 함께하게 돼. 형식은 영채가 머물렀던 기생집을 찾아가 그녀의 어머니를 만나. 영채의 어머니는 단순히 기생을 관리하는 사람이 아니라, 기생들의 고통과 아픔을 함께 겪는 존재였어. 딸의 죽음 앞에서 오열하는 어머니를 보며, 형식은 그동안 기생들을 하찮게 여겨 왔던 자신의 편견을 부끄러워하게 돼. 그녀 역시 따뜻한 정을 지닌 인간이라는 사실을 깨닫게 된 거야.

또한, 형식은 그곳에서 만난 계향을 통해 기생이 단지 남성을 즐겁게 해 주는 존재가 아니라는 걸 알게 돼. 겉으로는 화려해 보이지만, 계향 역시 억압된 현실 속에서 깊

---

12) 위의 책, 237쪽.

은 감정과 고뇌를 지닌 여성임을 깨닫게 돼. 형식은 그녀
를 보며, 사람을 신분이나 식업으로만 판단해 왔던 자신의
태도를 돌아보게 돼.

"무론 교육이라 하면 소학 교육과 중학 교육을 의미하
는 것이지. 지금 조선은 정히 페스탈로치를 기다리는
때인 줄 아네. 조선 사람을 전혀 새 조선 사람을 만들
려면 교육밖에 무엇으로 하겠나. 어느 시대 어느 나라
가 아니 그렇겠나마는, 더구나 시급히 낡은 조선을 버
리고 신문명화한 신조선을 만들어야 할 소선에서는
만인이 다 교육을 위하여 힘써야 할 줄 아네.[13]

형식은 영채를 찾으려 했지만 끝내 찾지 못하고, 영어를
개인 지도하던 선형과 약혼한 뒤 미국으로 유학을 갈 계획
을 세워. 그는 "지금 조선은 정히 페스탈로치를 기다리는
때"라고 말하며, 당시 조선 사회의 절박한 상황을 표현했

---

13) 이광수, 『무정 2』, 한국헤르만헤세, 92~93쪽.

어. 이 말은 조선이 낡은 전통과 부조리를 극복하고 새로운 문명으로 전환해야 하는 시점이라고 생각하게 돼.

페스탈로치의 철학은 교육이 단순히 지식을 가르치는 것이 아니라, 인간의 전인적 성장과 도덕적·사회적·책임감을 키우는 과정이라는 점을 강조해. 형식은 이러한 철학을 바탕으로 교육을 통해 조선의 구습을 버리고, 새로운 문명과 가치를 받아들이는 계몽적 변화를 꿈꿨어. 그는 "어느 시대 어느 나라가 아니 그렇겠나마는"라는 말을 통해 교육이 단지 조선만의 문제가 아니라 모든 나라의 발전을 위한 중요한 열쇠라는 확신을 드러냈어.

> 그래서 영채는 세상에는 악한 세상과 선한 세상이 있고, 사람에는 악한 사람과 선한 사람이 있어, 각각 종류가 다르고 합할 수 없음이 마치 물과 기름과 같다 하였다. 그러나 영채는 점점 경험을 쌓아 감을 따라 또 이 진리도 깨달았다. 악한 세상은 선한 세상보다 크고, 악한 사람은 선한 사람보다 많다.[14]

---

14) 이광수, 『무정 1』, 한국헤르만헤세, 123쪽.

영채는 아버지를 구하려다 기생의 길로 들어서게 돼. 이후 외가와 조카네 집에서 학내받고 도망치던 중 동네 아이들에게 핍박당하며 세상의 냉혹함을 경험하게 되지. 숙천의 객주에서 또 다른 고난을 겪고, 결국 평양에서 기생으로 팔리는 상황에 이르게 돼. 영채는 세상이 자신의 가정이나 주변 사람들과도 다르다는 것을 깨닫게 되며, 선과 악은 결코 섞일 수 없다는 현실을 인식하게 돼. 이로 인해 이상적인 태도에서 벗어나 점차 현실적 시각을 갖게 되었어.

영채는 깜짝 놀라 여학생을 본다. 여학생은 힘 있는 목소리로,

"첫째, 영채 씨는 속아 살아왔어요. 이형식이란 사람을 사랑하지도 아니하면서 공연히 정절을 지켜 왔어요. 부친께서 일시 농담 삼아 하신 말씀 한마디 때문에 영채 씨는 칠팔 년 헛된 절을 지킨 것이외다. 사랑하지 않는 사람을 위해서, 피차에 허락도 아니 한 사람을 위해서 절을 지키는 것이 헛된 일이 아니야요? 마치 죽은 사람, 세상에 없는 사람을 위해서 절을 지키는 것이

나 다름이 있어요? 영채 씨의 마음은 아름답지요, 절
은 굳지요. 그러나 그뿐이외다. 그 아름다운 마음과 그
굳은 절을 바칠 사람이 따로 있지 아니할까요. 하니깐
지금 영채 씨가 그이를 사랑하시거든 지금부터 그에
게 몸과 마음을 바치실 것이요, 만일 그렇지 않거든 다
른 남자 중에 구하실 것이오. 그런데……"
"그러나 지금토록 마음을 허하여 오던 것을 어떡합니
까. 고성의 교훈도 있는데."
한다.[15)]

그 후 아버지가 정해 준 배우자 형식을 만나길 꿈꾸며
기생으로 살아가는 데 수많은 유혹이 다가와도 모두 뿌리
치며 자신을 지켜 왔어. 하지만 어느 날 학교를 운영하며
권력을 쥔 배 학감에게 끔찍한 일을 당하고, 더는 견디지
못해 스스로 생을 마감하려 결심하게 돼. 배 학감은 자신
의 권위를 이용해 약자를 억압하고 부도덕한 행동을 일삼
는 인물로, 당시 권력층의 부패와 사회적 부조리를 상징하

---

15) 이광수, 『무정 2』, 한국헤르만헤세, 109쪽.

는 인물로 등장해.

영채가 자살 계획을 세운 후 평양으로 가는 기차에서 병욱을 만나며 삶의 전환점을 맞이하게 돼. 병욱은 동경에서 유학한 여성으로 잠시 집에 들렀다가 기차에서 영채를 만나게 된 거야. 병욱은 영채에게 "부모가 정해준 배우자인 이형식을 사랑하지 않으면서도 정조를 지키려 했던 태도가 봉건적인 관습에 묶여 있던 것"이라고 지적해.

병욱은 영채가 과거의 관습에서 벗어나 진정한 자아를 찾을 수 있도록 도와줘. 그는 "사람은 제 목숨으로 삽니다."라는 말로, 영채가 타인의 기대에 맞춰 살아온 삶에서 벗어나, 자신의 삶을 주체적으로 살아가야 한다는 메시지를 전해. 이 장면은 영채가 전통에서 벗어나 자신의 삶을 깨닫는 중요한 순간이라고 할 수 있어.

"다른 일이 아니라."
하고, 저 수재를 당한 사람들 중에는 병인도 있고, 태

모도 있고, 젖먹이 가진 부인도 있는데, 조반도 못 먹
고 비를 맞고 떠는 정경이 가련하며, 더구나 어머니가
무엇을 먹지 못하였으므로 젖이 아니 나서 어린아이
들의 우는 양은 차마 못 보겠다는 말을 한 뒤에, 그래
서 마침 부산 가는 기차가 비에 걸려서 오후까지 머물
게 되었으니, 음악회를 열어 거기서 수입된 돈으로 불
쌍한 사람들에게 따뜻한 국밥이라도 만들어 먹이고
싶다는 뜻을 말하고 허가와 원조하여 주기를 청하였
다.[16)]

형식은 영채를 찾기 위해 평양까지 갔지만, 끝내 그녀를
찾지 못하고 선형과 함께 미국으로 공부하러 가기 위해 기
차에 올랐어. 한편, 병욱의 말에 힘을 얻은 영채는 자살을
단념하고 동경으로 유학을 결심하며 기차에 탔지. 결국,
기차 안에서 형식, 선영, 영채, 병욱이 모두 만나게 돼.

그들은 이동 중 수재민들을 만나게 되고, 수재를 당한
마을의 처참한 현실을 목격했어. 병자, 임산부, 젖먹이를

---

16) 위의 책, 227쪽.

가진 어머니들이 굶주림에 고통 받는 모습을 보며 깊은 연민을 느끼지. 특히 '어머니가 먹지 못해 젓이 나오지 않아 아이들이 울부짖는 모습'은 개인의 고통이 곧 공동체가 함께 해결해야 할 문제라고 깨달았어.

병욱은 자신이 배운 것을 사람들 앞에서 실천하며, 예술의 새로운 역할과 가치를 보여 줬어. 그는 예술이 단순히 아름다움을 표현하는 것을 넘어, 공동체와 약자들을 돕고 계몽하는 데 쓰일 수 있음을 증명하며 새로운 변화를 만들어 냈어.

"응, 지금 우리는 장차 무엇으로 조선 사람을 구제할까 하고 각각 제 목적을 말하려던 중일세."

"네, 그러면 저도 좀 듣지요!"

처녀들은 그의 대팻밥 모자와 말하는 모양이 우스워서 터져 나오려는 웃음을 꿀꺽 참는다. 영채 하나만 어찌할 줄을 몰라서 얼굴을 잠깐 붉히나 우선은 영채를 보면서도 모르는 체한다.

"어느 분 차례입니까?"

하는 우선의 말에,

"내 차례인가 보에."

"응, 그러면 말하게."

하고 눈을 감고 고개를 숙이며 들을 준비를 한다. 병욱
은 영채의 옆구리를 꾹 찔렀다. 선형은 웃음을 참느라
고 살짝 고개를 돌린다.

"나는 교육가가 될랍니다. 그리고 전문으로는 생물학
을 연구할랍니다."

그러나 듣는 사람 중에는 생물학의 뜻을 아는 자가 없
었다.[17]

그리고 조선 사회를 구제하기 위한 각자의 꿈과 목표를
세워 보자고 해. 영채는 아직 계몽적 사고에 완전히 동화
되지 못했지만, 병욱처럼 음악을 배워 보겠다고 해. 형식은
교육과 과학을 통해 사회를 변화시키려는 목표를 세우지.

1905년부터 1909년까지 약 4년 동안, 우리나라 사람 중

---

17) 이광수, 『무정 2』, 한국헤르만헤세, 239쪽.

1천 명 넘는 학생들이 일본으로 유학을 갔어. 어떤 학생은 자기 돈으로, 어떤 학생은 나라나 단체의 지원을 받아 갔지. 이 중에 유명한 작가인 이광수도 있었는데, 그는 천도교 교주인 손병희의 추천으로 일진회라는 단체에서 뽑혀서 일본에 유학을 간 사람이야. 그 당시 일본으로 유학 간 조선 학생들의 명단은 『조선총독부관보』나 『매일신보』 같은 신문에 자주 나왔어. 그런데 이게 유학을 장려하려는 목적이 아니라, 유학 가는 사람들을 관리하고 통제하려는 의도가 더 컸지. 시간이 지나면서 일본에 유학 간 학생들이 점점 많아지자, 유학생들은 일본에서 모임을 만들고 자신들만의 신문(학보)도 냈어. 이 모습은 한국 신문에도 자주 소개될 만큼, 그때 사람들은 해외 유학생들에 대해 많은 관심을 가졌던 거야.

이 시기 유학생들에게 가장 부족한 것은 '지적 욕구'였어. 일본 유학생들이 발간한 여러 회보 발간사를 분석한 안남일(2005)의 연구에 따르면 『학우』 발간사에서는 '욕망(望)'을 대표적 키워드로 내세워 욕망이 적은 한국 사회의 구태한 모습을 혁파하고 일제 강점기를 극복하기 위해 큰 욕망, 곧 지식욕을 갖추어 조선 문화를 부흥시키고자 하는 열망을 보여 주었다고 해. 『동창회 회지』 창간사에서는 "의식 생활" 특히 "철인적 의식 생활"을 대표적 키워드로 내세워 학구적인 실천 생활에 매진하는 현실적 실천을 통해서 일제 강점기를 극복해 나갈 것을 주장했다고 해.[18]

「무정」에 나오는 인물을 살펴보니 어때? 그들의 성향을 통해 전통과 현대적 가치가 충돌하던 시기, 청년들에게 새로운 생각과 꿈이 피어오르고 있었음을 볼 수 있었지. 특히, 인물들이 타인의 기대나 사회적 틀에 얽매이지 않고 주체적으로 살아가려는 모습이 인상적이었어.

오늘날에도 스스로 선택할 수 있는 권리가 중요하다는 걸 생각해 보면, 교육은 단순히 공부를 가르치는 것만이 아니야. 교육을 통해 사람들은 더 나은 기회를 얻고, 불평등을 줄이며 모두가 함께 잘 사는 사회를 만드는 데 큰 역할을 해. 또, 여성이 독립적이고 주체적으로 살아가야 한

---

18) 허재영, 김혜련, 윤금선, 서민정, 『계몽의 주체로서 근대 지식인과 유학생』, 경진출판, 2014, 313~314쪽 참조.

다는 시대의 메시지도 느껴졌지. 그뿐만 아니라, 사회적 약자를 돌보고 공공의 선을 추구하는 공동체 의식은 오늘날 사회적 약자 보호와 인권 문제와도 연결해 생각할 수 있어. 특히 영채와 병욱, 선형과 형식의 여정을 통해, 인간은 과거의 억압적인 관습에서 벗어나 자신의 삶을 스스로 선택하고 책임져야 한다는 걸 강하게 느낄 수 있었어.

이 작품에서 교육이 단순히 지식을 쌓는 것에 그치는 게 아니라, 개인을 깨우고 사회를 변화시키는 큰 힘이라는 걸 다시 한번 느꼈어. 형식과 병욱이 교육을 통해 낡은 전통에서 벗어나 새로운 시대를 열어가는 모습에서, 시대의 많은 문제를 해결할 가능성을 보여 줬다고 생각해.

어때? 과거의 우리와 지금의 우리를 비교하면, 하루하루 새롭게 발견되는 모습들이 있지 않아? 때로는 내가 마치 다른 사람처럼 느껴질 때도 있을 거야. 우리가 배우는 건 단순히 좋은 성적을 얻기 위한 과정이 아니야. 더 나은 사람이 되고, 세상을 넓게 바라보며 깊이 생각할 줄 아는 존재로 성장하는 과정이지. 우리는 역시 지금까지 배움을 이어 오면서 끊임없이 성장해 왔고, 앞으로도 새로운 시선과 깊이를 가진 사람이 될 거야.

배움을 지속할 우리가 함께 세상을 만들어 간다면, 지금보다 더 나은 세상이 되지 않을까?

3. 현진건 –「술 권하는 사회」(1921)
도깨비의 부자 방망이 vs 현실의 벽

너는 만약 일제 강점기 때 지식인이었다면 식민 통치 아래 어떤 삶을 살았을까?

지식인이란 그저 많은 지식을 가지고 있는 사람이 아니야. 현시대를 관찰하고 더 나은 사회를 만들기 위해 행동하는 사람을 "지식인"이라고 불렀지. 네가 만약 당시 지식인이었다면, 조국이 참혹하게 짓밟히던 현실 앞에서 어떤 선택을 했을까? 일제의 수탈 속에서 고통 받는 사람들을 보며, 변화를 이끌기 위해 용기 있게 나설 수 있었을까?

현진건은 3.1 운동 직후 「빈처(貧妻)」(1921), 「술 권하는 사회」(1921), 「타락자」(1922) 등을 통해 지식인의 좌절과 경제적인 빈곤상을 보여 주었어. 그리고 사회적 진출이 좌절된 지식인을 내세워 물질적인 욕망과 정신적 가치의 문제를 대비[19]시키는 작품들을 많이 썼어. 그중 「술 권하는 사회」는 봉건적 사고의 아내와 동경 유학파 남편의 대화를 통하여 물질적 욕망과 정신적 가치를 놓고 어떤 내면의 갈등을 겪고 있는지 이야기하고 있지.

아내가 되고 남편이 된 지는 벌써 오랜 일이다. 어느덧 칠팔 년이 지났으리라. 하건만 같이 있어 본 날을 헤아리면 단 일 년이 될락 말락 한다. 막 그의 남편이 서울서 중학을 마쳤을 제 그와 결혼하였고, 그러자마자 그만 동경(東京)에 부급(타향으로 공부하러 감)한 까닭이다. 거기서 대학까지 졸업을 하였다.

이 길고 긴 세월에 아내는 얼마나 괴로웠으며 외로웠으랴! 봄이면 봄, 겨울이면 겨울, 웃는 꽃을 한숨으로 맞았고 얼음 같은 베개를 뜨거운 눈물로 덥히었다. 몸이 아플 때, 마음이 쓸쓸할 제, 얼마나 그가 그

---

19) 권영민, 『한국현대문학사 1』, 민음사, 1993, 214-218 참조.

리웠으랴![20]

　조혼으로 중학교를 마치고 결혼한 남편은 바로 동경으로 유학을 가서 대학을 마치고 돌아오게 돼. 7~8년을 기다리던 아내는 남편이 돌아오면, 함께 하는 시간도 생기고 경제적 여유도 생기리라 기대했지만, 새벽 1시가 넘었는데도 남편은 돌아오지 않는 날이 많아지자, 무엇이 그리 남편을 힘들게 하는지 생각하게 돼.

남편이 동경에서 무엇을 하고 있나? 공부를 하고 있다. 공부기 무엇인가? 자세히 모른다. 또 알려고 애쓸 필요도 없다. 어찌하였든지 이 세상에 제일 좋고 제일 귀한 무엇이라 한다. 마치 옛날 이야기에 있는 도깨비의 부자 방망이 같은 것이려니 한다. 옷 나오라면 옷 나오고, 밥 나오라면 밥 나오고, 돈 나오라면 돈 나오고…… 저 하고 싶은 것은 무엇이든지 청해서 아니 되는 것이 없는 무엇을, 동경에서 얻어 가지고 나오려니

---

20) 현진건, 『운수 좋은 날 외』, 한국헤르만헤세, 82쪽.

아내는 '공부'를 마치 옛날이야기에 나오는 '도깨비의 부자 방망이' 같은 것으로 생각했어. 그래서 가끔 놀러 오는 친척들의 비단옷과 금지환 낀 것을 보고 부러움을 느껴도, 동경 유학에서 남편이 돌아오면 다 해결되리라는 기대를 했어. 그러나 아내는 공부하고 돌아온 남편의 모습을 보고 '공부를 한 사람이나 안 한 사람이나 다를 것이 없다.'는 것을 느끼게 돼. 주변을 보니 공부 안 한 사람도 돈을 버는데 공부를 한 자기 남편은 아무것도 하지 않고 술만 마시는 모습을 보며 걱정이 깊어지지. 당시 여성들처럼 그녀도 경제적, 사회적으로 남편의 능력에 모든 것을 기대는 삶을 살아가는 처지였던 거야.

근대 계몽기(1894년~1910년) 때 유학을 다녀온 지식인들은 조선의 대중을 교화시키는 데 목적이 있었어. 그런데 일제 강점기로 접어든 1910년부터는 그들은 꽉 막힌 현

---

21) 위의 책, 83쪽.

실에 지식과 능력을 사용할 곳이 없어 절망감에 많이 빠져 있었어.

지식인이 어떤 역할을 해야 하는지에 대한 논의는 복잡하고 어려운 문제야. 헝가리 철학자 루카치는 지식인이 노동자 계층의 목소리를 대변해야 한다고 생각했어. 반면, 독일 사회학자 만하임은 지식인이 특정 계층에 속하지 않고, 모든 사회적 이해를 종합하는 역할을 해야 한다고 주장했지. 특히, 서구의 계몽시대처럼 시민사회가 형성되지 않았던 한국 개화기(19세기 말~20세기 초)에는 이러한 모델로 지식인의 자기 인식을 분석하기에 적합하지 않은 면이 있어.[22] 그런 시대 상황 속에서 아무것도 할 수 없었던 그들은 얼마나 괴로웠을까?

이런 시대적 배경에서 그들이 겪은 내적 갈등은 "나는 무엇을 위해 존재하는가?", "내 역할은 무엇인가?"라는 고민이었을 거야. 자신이 믿는 이상과 변화시킬 수 없는 현

---

22)　허재영 외 지음, 『계몽의 주체로서 근대 지식인과 유학생』, 경전출판, 2019, 55~56쪽 참조.

실 사이의 갈등은 무력감이라고만 하기 어려운 더 큰 혼란을 느꼈음은 분명해. 어떤 사람은 아무 말도 하지 않았고, 어떤 사람은 현실과 타협하거나 반대로 강하게 저항했어. 그리고 어떤 사람은 끝까지 자신의 신념을 지키려고 했지.

이때의 동경 유학은 조선 내에서의 고등 교육의 기회가 제한적이었기 때문에 높은 수준의 교육을 받기 위하여 젊은 조선 청년들이 유학을 많이 떠났다고 해. 그들은 그곳에서 배워 온 지식으로 공부에만 전념한 것이 아니라, 다양한 사회적, 정치적 활동에 참여하게 돼. 남편인 당사자도 동경 유학을 마치고 돌아오면 자신의 설 자리가 있으리라 생각했었어. 그러나 현실은 그 어느 곳도 갈 곳이 없었고, 분주히 돌아다니며 술을 마시거나 책을 읽고 밤새 글을 쓰기만 했어. 이 당시 일제는 식민 통치 수단으로 전통적인 양반 관료들을 그대로 등용하는 인사정책을 썼기 때문에[23] 이러한 상황은 지식인들의 방황에 한몫했다고 볼

---

23) 현길언, 『문학과 사랑과 이데올로기-현진건 연구』, 태학사, 2000, 14쪽 참조.

수 있어.

"흥 또 못 알아듣는군. 묻는 내가 그르지, 마누라야 그
런 말을 알 수 있겠소. 내가 설명해 드리지. 자세히 들
어요. 내게 술을 권하는 것은 화증도 아니고 하이칼라
도 아니요, 이 사회란 것이 내게 술을 권한다오. 이 조
선 사회란 것이 내게 술을 권한다오. 알았소? 팔자가
좋아서 조선에 태어났지, 딴 나라에 났더라면 술이나
얻어먹을 수 있나…"
사회란 무엇인가? 아내는 또 알 수가 없었다. 어찌하
였는 딴 나라에는 없고 조선에만 있는 요리집 이름이
려니 한다.[24]
"그 몹쓸 사회가, 왜 술을 권하는고"[25]

어느 날 아내는 행랑 할멈이 부르는 소리에 나가보니 술
에 취한 남편은 벽에 기대어 쓰러져 있었어. 남편의 옷을

---

24) 앞의 책, 99쪽.
25) 위의 책, 105쪽.

벗기며 "누가 술을 이처럼 권하였노"라고 물으니, 남편은 "조선 사회가 술을 권한다."라고 이야기해.

> "처음은 민족을 위하느니, 사회를 위하느니 그러는데, 제 목숨을 바쳐도 아깝지 않으니 아니 하는 놈이 하나도 없어. 하다가 단 이틀이 못 되어, 단 이틀이 못 되어……"

> "되지 못한 명예 싸움, 쓸데없는 지위 다툼질, 내가 옳으니 네가 그르니, 내 권리가 많으니 네 권리 적으니…… 밤낮으로 서로 찢고 뜯고 하지. 그러니 무슨 일이 되겠소, 회뿐이 아니라, 회사이고 조합이고…… 우리 조선 놈들이 조직한 사회는 다 그 조각이지. 이런 사회에서 무슨 일을 한단 말이오. 하려는 놈이 어리석은 놈이야. 적이 정신이 바로 박힌 놈은 피를 토하고 죽을 수밖에 없지." 26)

"처음은 민족을 위하느니, 사회를 위하느니 그러는데,

---

26) 위의 책, 100쪽.

제 목숨을 바쳐도 아깝지 않으니 아니 하는 놈이 하나도 없어"라는 남편의 한탄에 목숨 앞에서는 다들 현실 뒤로 숨는 모습을 발견하게 돼. 그런 모습에서 남편은 "명예 싸움, 지위 다툼, 권리 다툼으로 이런 사회에서 무슨 일을 하겠냐?"라고 말하고 있어. 그러고는 "이 사회란 것이 내게 술을 권한다오. 이 조선 사회란 것이 내게 술을 권한다오. 알겠소?"라고 하며 집을 나가 버려.

일본 유학에서 돌아온 남편이 성공하기만을 고대하는 아내, 동경 유학에서 얻은 지식(다소 추상적이지만)으로 식민지 현실 사이에서 대안을 찾으려는 남편의 모습을 통하여 우리는 물질적인 욕망과 정신적 가치를 놓고 무엇을 선택해야 하는지를 같이 고민해 보면 좋겠어.

작품에서 아내는 '도깨비 부자 방망이'를 고대하고 남편은 '사회가 술을 권한다'라고 번민하는 모습에서 식민지 시대 지식인과 그를 둘러싼 가족 구성원 간의 간극도 찾아볼 수 있을 거야.

일제 수탈정책으로 많은 지식인은 독립운동가, 친일파, 침묵하는 사람으로서 살아가지만 "제 목숨을 바쳐도 아깝지 않으니 아니 하는 놈이 하나도 없다"라는 남편의 대화를 볼 때, 우리라면 어떤 삶을 선택했을지 생각해 보게 돼. 당시 지식인들의 고민과 갈등은 지금 우리도 공감할 수 있지 않을까? 오늘날에도 많은 사람이 이상과 현실 사이에서 비슷한 어려움을 겪고 있으니까.

그렇다면, 당대 지식인들의 삶의 태도는 어떤 모습이어야 할까?, 그리고 오늘의 우리는 어떤 자세로 살아가야 할까?

4. 김동인 – 「감자」(1925)
내 삶은 나의 선택 / 생존과 주체성, 복녀의 길

우리는 누군가의 선택의 이유를 얼마나 알고, 이해하고 있을까?

우리는 삶이 궁핍해질 때, 생각지도 못한 선택을 할 수도 있어. 그 선택이 생존을 위한, 어쩔 수 없는 비도덕적 행동일 수도 있어. 그랬을 때, 다른 사람들의 눈에 우리는 올바르지 않은 사람으로 비칠 수도 있게 돼. 너라면 생존의 위기에 놓였을 때, 비도덕적인 행동이라도 선택할 수 있을 것 같아?

1918년 12월 25일, 조선 유학생 회관의 망년회에 참석한 김동인은 서춘으로부터 독립선언서 기초를 요청받고는, "정치 운동은 그 방면 사람에게 맡기고 우리는 문학으로"

라는 쪽에 섰다고 술회(과거를 떠올려 말하다)하고 있어.
주요한, 김동인 같은 작가들은 정치 운동에 참여하기보다
는 문학 활동에 집중했어. 그들에게는 정치적 이념보다 문
학을 통해 사회에 기여하는 것이 더 중요하다고 생각했기
때문이야. 14, 5세의 철부지 나이에 일본에 유학하여 잔뼈
가 굵어진 이들에게 더 긴요한 삶의 실천 과제는 '민족의
독립'보다는 '근대성의 획득'에 있었어.[27)]

「감자」는 김동인 세대가 중요하게 여긴 "예술성"과 "근대
성"의 결합을 잘 보여 주며, 민족 독립보다는 근대적 가치
와 사회적 현실을 복녀로 잘 표현하고 있어. 김동인 자신
은 "작가란 창조자이기 때문에 작중인물을 마음대로 지배
할 수 있어야 한다."라는 이른바 인형 조종술을 사용했어.
창작의 의미를 이처럼 전지전능한 자리로 상승시킬 때 나
타나는 결과로 '예술성'이 새로운 이념의 인식범위로 들어
옴으로써 문학예술의 독자성 확립에 크게 기여할 수 있다
는 이점을 보여.[28)]

---

27) 김윤식·정호웅, 『한국 소설사』, 문학동네, 2000, 90~91쪽 참조.
28) 위의 책, 182쪽.

「감자」에 나오는 복녀는 자신을 둘러싼 환경 속에서 생존을 위해 매춘으로 내몰렸지만, 단순히 환경에 순응하지 않고 자신의 정체성을 찾으려고 하였어. 결혼함과 동시에 경제적 이유로 도덕적 가치관은 무너지고 살아가기 위해 주어진 환경에 내맡겨졌어. 그 후, 복녀의 삶이 성적 타락으로 변해가는 모습은 살아가고자 하는 삶의 한 방편이었다고 볼 수 있어.

복녀는, 원래 가난은 하나마 정직한 농가에서 규칙 있게 자라난 처녀였다. 이전 선비의 엄한 규율은 농민으로 떨어지자부터 없어졌다 하나, 그러나 어딘지는 모르지만 딴 농민보다는 좀 똑똑하고 엄한 가율이 그의 집에 그냥 남아 있었다. 그 가운데서 자라난 복녀는 물론 다른 집 처녀들과 같이 여름에는 벌거벗고 개울에서 멱 감고, 바짓바람으로 동리를 돌아다니는 것을 예사로 알기는 알았지만, 그러나 그의 마음속에는 막연하나마 도덕이라는 것에 대한 저픔('두려움'의 옛말)을 가지고 있었다.

그는 열다섯 살 나는 해에 동리 홀아비에게 팔십 원에 팔려서 시집이라는 것을 갔다. 그의 새서방(영감이라는 편이 적당할까)이라는 사람은 그보다 이십 년이나 위로서, 원래 아버지의 시대에는 상당한 농군으로서 밭도 몇 마지기가 있었으나, 그의 대로 내려오면서는 하나둘 줄기 시작하여서 마지막에 복녀를 산 팔십 원이 그의 마지막 재산이었다.[29]

복녀는 원래 가난하지만, 정직한 농가의 딸로 규칙 있게 자란 사람이야. 복녀는 부지런히 적극적으로 일했지만, 남편의 게으름으로 인해 소작 밭도 잃고 행랑살이에서도 쫓겨나 빈민굴까지 들어가게 돼. 그 후에도 복녀의 남편은 시종일관 나태하고 방관자처럼 복녀를 통한 착취를 일삼았어.

1920년대는 극도로 농촌과 한국경제가 피폐한 시기며, 가난과 빈궁의 문제는 당대의 모든 작가가 공통으로 다루었지. 일제 강점 이후 식민지 수탈로 인해 사회경제적 붕

---

29) 김동인외, 『한국단편소설 40』, 리베르, 2012, 41쪽.

괴가 심화하면서 더욱더 광범위한 성매매 지대가 만들어
지고 수많은 여성을 매춘 여성으로 만들었어.[30] 가부장적
가족 구조에 의한 여성이 받는 억압이 매춘의 동기가 되기
도 했고, 여성의 인권이 무시되던 봉건적 분위기에서, 가
난한 집 딸은 부모의 약값과 남자 형제의 학비를 위해, 아
내는 병든 가장을 위해 몸을 팔아야 했어. 남편이 아내에
게 매춘을 강요하거나 부모가 친딸에게 매춘을 강요하는
패륜적인 행위도 서슴지 않았어. 이렇게 가족을 위한 여성
의 희생은 당연시되었고, 강조되기까지 했어.[31]

복녀가 사는 빈민굴은 바깥 세계와는 단절된 세계였어.
그곳의 여인들은 복녀가 상상하지도 못한 어려운 일에 이
미 익숙해져 있었고, 성을 파는 행위를 생계유지 수단 정
도로 여기고 있었어. 그 외에 송충이잡이 감독과 왕 서방
은 경제적 우위에서 복녀에게 '상품으로서의 性'을 요구했

---

30) 전경옥, 변신원, 박진석, 김은정,『한국 여성 문화사』, 숙명여자대
    학교 아시아 여성연구소, 321쪽.
31) 위의 책, 322쪽.

고, 그 당시 가족을 위해[32] 성을 팔아야 했던 여성들처럼 복녀 또한 자신의 궁핍함을 극복하기 위해 성을 이용하기 시작했어.

어느 날 복녀는 감자 한 바구니를 도적질하므로 그 밭 주인 왕 서방에게 들키게 되었어. 이 사건을 계기로 왕 서방과의 부적절한 관계가 시작되고, 왕 서방은 복녀 집까지 찾아오게 돼. 남편은 이러한 상황에 무력하게 자리를 피하고, 복녀는 생존을 위한 매춘을 시작하게 돼. 그러나 왕 서방이 새 아내를 맞이한다는 소문을 듣고 복녀는 심한 질투를 느끼게 돼.

배신감과 질투심에 사로잡힌 복녀는 낫을 들고 왕 서방을 찾아갔고, 그 과정에서 몸싸움이 벌어졌어. 결국, 복녀는 왕 서방에게 낫을 빼앗겨 목숨을 잃게 되었어. 만약 그녀가 단순히 금전적인 욕망만을 추구했다면, 다른 남자에게도 자신을 팔았을 테지만, 왕 서방과의 관계에서 자신의

---

32) 앞의 책, 322쪽.

존재감을 찾으려 했기에 이러한 비극적인 결말을 맞이하
게 된 서야.

> 복녀의 송장은 사흘이 지나도록 무덤으로 못 갔다. 왕
> 서방은 몇 번을 복녀의 남편을 찾아갔다. 복녀의 남편
> 도 때때로 왕 서방을 찾아갔다. 둘의 사이에는 무슨 교
> 섭하는 일이 있었다. 사흘이 지났다.
> 밤중에 복녀의 시체는 왕서방의 집에서 남편의 집으
> 로 옮겼다. 그리고 그 시체에는 세 사람이 둘러앉았다.
> 한 사람은 복녀의 남편, 한 사람은 왕 서방, 또 한 사람
> 은 어떤 한방 의사, 왕 시방은 말없이 돈주머니를 꺼내
> 어, 십 원짜리 지폐 석 장을 복녀의 남편에게 주었다.
> 한방의의 손에도 십 원짜리 두 장이 갔다.
> 이튿날 복녀는 뇌일혈로 죽었다는 한방의의 진단으로
> 공동묘지로 실려 갔다.[33]

복녀의 시신이 남편과 왕 서방의 거래로 공동묘지에 보

---

33) 김동인외, 『한국단편소설 40』, 리베르, 2012, 48쪽.

내지는 장면은, 식민지 수탈로 무너진 가정경제의 책임이 결국 복녀에게 전가된 현실을 보여 줘. 복녀가 자신의 삶을 포기하는 선택은 비극적이지만, 그것이 최선일 수밖에 없었던 상황은 우리에게 중요한 질문을 던져. 과연 그녀의 선택은 정말 최선이었을까? 아니면 선택의 여지를 없앤 사회적 억압의 산물이었을까? 이러한 질문은 식민지 수탈과 가정경제의 붕괴가 개인에게 희생을 강요한 당대 현실을 돌아보게 해.

우리는 이 작품을 통해 일제 강점기 여성들의 삶을 들여다볼 수 있었어. 식민지 국민으로서의 설움도 감당하기 힘든데, 일본뿐만 아니라 왕 서방이라는 인물을 통해 중국에 고통 받는 우리 민족의 현실이 드러났지. 복녀의 삶을 단순한 도덕적 타락으로 보기보다, 주어진 현실을 극적으로 타개하려 했던 여성의 모습으로 해석해 보면 어떨까? 그리고 그런 선택을 한 사람이 훗날 자신의 삶을 돌아보며 '이건 내 삶의 주체적인 선택이었다.'고 말할 수 있다면, 그것을 여전히 타락이라 봐야 할까? 아니면 생존을 위한 불가피한 선택이며 최선을 다한 결과로 이해해야 할까?

나는 복녀의 선택을 비난하기보다, 이해하려고 노력해야 한다고 생각해. 그녀가 걸어간 길은 단순한 개인적 욕망이 아니라, 당시 사회 구조와 경제적 압박, 가부장적 억압 속에서 만들어진 것이었으니까. 자기 정체성을 찾아가려는 시도조차 생존을 위한 몸부림이었을 상황을 떠올리면, 그녀의 선택에는 인간적인 갈등과 진정성이 담겨 있다고 볼 수 있겠지.

결국, 우리는 복녀의 삶을 통해 한 인간의 선택을 어떤 기준으로 평가해야 하는지 다시금 고민하게 돼. 시대와 환경이 개인의 삶을 결정짓는다면, 우리는 그런 선택을 어디까지 이해할 수 있을까?

닫는 질문

그리고 만약 우리라면, 그 시대에 놓였을 때 어떤 선택을 했을까?

5. 이태준 – 「꽃나무는 심어 놓고」(1930)
낯선 꽃, 낯선 아내

우리는 사랑하는 사람을 정말 믿고 기다릴 수 있을까?

나는 수없이 많은 작품을 읽었지만, 그중에서 가장 가슴 찡했던 작품은 이태준 작가의 「꽃나무는 심어 놓고」란 작품이야. 방 서방 가족이 겪은 아픔과 슬픔은 누구라도 견디기 힘든 처참하고 가혹한 이야기였어. 처음엔 아내가 남편을 버렸다고만 생각했는데, 알고 보니 어느 교활한 노파의 계략에 속아 유곽으로 팔려 간 거였어. 그녀의 운명이 얼마나 비극적인지, 이 작품을 통해 더 깊이 느낄 수 있었단다.

이태준 작가의 초기 단편 소설들은 현실의 삶에서 좌절

한 인간의 모습을 많이 그렸어. 인물의 형상은 개인적 성격의 문제라기보다는 '식민지 현실과 모순된 근대라는 일상의 조건'과 깊이 연관되어 있어.[34] 그중 「꽃나무는 심어 놓고」도 일제 강점기에 농토를 잃고 방황하는 한 가족의 비극적인 삶을 사실적으로 형상화한 작품이야, 식민지 현실이 우리 민중들의 삶을 얼마만큼이나 처참하게 했는지 실감 나게 담은 이 작품에 대해 살펴볼까?

주인공 방 서방은 술 한 잔 허투루 먹는 법 없고 담배도 일하는 날이나 일꾼들을 주려고만 살 줄 알던, 매사에 성실하게 농사를 지으며 가성을 책임지는 사람이었어. 그 누구보다도 고향에 대한 애착과 자신의 삶에 진심이었는데, 이주를 선택하게 돼. "아무튼 김 의관 네가 안성인가 어디로 떠나가고, 지주가 일본 사람의 회사로 갈린 다음부터는 제 땅마지기나 따로 가진 사람 전에는 배겨 나기가 어려웠다."[35]라는 구절을 통해 소작하던 논의 주인이 일본 사람

---

34) 권영민, 『한국현대문학사 1』, 민음사, 1993, 470쪽.
35) 김동인외, 『한국단편소설 40』, 리베르, 2012, 153~154쪽.

으로 바뀌고 나서부터 빚만 쌓이게 되어 고향을 떠나는 상황을 볼 수 있어.

> 그들이 지는 빚은 달리 도리가 없었다. 소가 있으면 소를 팔고 집이 있으면 집을 팔아 갚는 것밖에. 그래서 한 집 떠나고 두 집 떠나고 하는 것이 삼 년 안에 오륙호가 떠난 것이었다.[36]

방 서방은 김 진사의 땅을 몇 대째 내 땅처럼 농사를 지었어. 김 진사가 죽은 후에도 그 아들 또한 인심이 후하여 큰일을 치르면 두 섬, 석 섬을 땅에 대한 세를 깎아 주기도 해서 아들 대까지 아무런 변화 없이 땅을 빌려 농사를 지어 나갔어. 그러던 어느 날 일본인들이 드나들며 아들인 김 의관네도 어디론가 떠나고 지주가 일본 사람의 회사로 바뀐 다음부터 세납과 텃세가 심하여 농사지은 품값은커녕 빚을 지게 된 상황이 왔어.

일제 강점기 동안 한국의 많은 토지가 일본 지주에게 넘

---

36) 김동인외, 『한국단편소설 40』, 리베르, 2012, 153~154쪽.

어가게 된 이유는 주로 일본의 식민지 지배 정책과 관련이 있어. 일본은 한국을 식민지로 삼은 후, 한국의 전통적 토지 소유 구조를 바꾸고 식민지 경영을 위한 토지 수탈정책을 시행했어. 이와 같은 이유로 일제 강점기 동안 일본인 지주가 많이 증가했고, 한국인 농민들은 착취로 경제적 어려움에 시달리며 어려운 삶을 살게 되었어.

일제 토지 조사 사업의 본 조사는 1910~1918년에 주로 시행되었어. 하지만 한국 토지약탈을 위한 조선총독부 '소유 예정지 조사'는 이미 1906년 일제 통감부 설치 직후부터 시작되어 1910년까지 시행되었어.[37] 1907년 탁지부[38] 조사에서도 이미 농민층 분화가 현저하게 진전되이 전국에 거쳐 자작 농민 30%에 대하여 소작 농민은 70%에 달하며 토지 없는 양반들이 매우 광범위하게 존재하고 있음이 확인되었어.[39]

일제 강점기 동안, 농민들은 경제적으로 어려운 상황이

---

37) 신용하, 『일제 조선토지 조사사업 수탈성의 진실』, 나남, 2019, 18쪽.
38) 조선말 대한 제국에 존재했던 관청, 국가의 재무를 담당하던 부서로, 오늘날의 기획재정부에 해당한다.
39) 앞의 책, 25쪽.

었어. 생계가 악화되면서 부채가 늘어나고 많은 이들이 도시로 이주하거나 만주, 연해주로 떠나게 됐어. 특히, 일본 정부는 1908년 동양척식주식회사를 설립하여 조선의 토지를 강제로 빼앗아 일본인들에게 저렴하게 분배했어. 이러한 토지 소유 구조의 변화는 단순한 경제적 착취를 넘어, 조선인의 삶과 문화를 근본적으로 훼손하는 식민지 정책의 핵심이었어.[40]

그래서 지난봄에는 군으로부터 이 동리에 사쿠라 나무 이백여 주가 나왔다. 집집마다 두 나무씩 나눠 주고 길에도 심고 언덕에도 심어 주었다. 그래서 그 사쿠라 나무들이 꽃이 구름처럼 피면 무지한 이 동리 사람들이라도 자기 동리를 사랑하는 마음이 깊어져서 함부로 타관(他官 타향)으로 떠나가지 않으리라 생각했던 것이다.[41]

---

40) 위키백과 참조.
41) 김동인외, 『한국단편소설 40』, 리베르, 2012, 154쪽.

일본의 착취가 심해지자 방 서방처럼 고향과 집을 등지려는 사람이 늘어가게 됐어. 이에 군청은 고향 마을에 마음을 붙이고 살게 할 대책으로 사쿠라 나무를 심게 했어. 그러나 방 서방 가족은 결국 착취에 못 이기고 군청에서 나눠 준 사쿠라 나무만 심어 놓고 서울로 떠나게 됐어.

김정은(2016)의 연구에 따르면, 일본에서는 벚꽃이 단순한 꽃이 아니라 강한 국가적 상징이었어. 일본은 벚꽃을 통해 자신의 우월함을 드러내고, 이를 식민지에도 적극적으로 심었어. 다음은 그의 연구에서 나온 내용이야. "벚꽃은 타국보나 강하고 우월한 일본의 성징이 되었으며, 타국에서의 일본인의 손으로 인공적으로 식수된 벚꽃을 보는 것은 일본인이 자부심을 느끼게 되는 순간이었다. 벚꽃이 일본을 상징한다면 벚꽃이 있는 곳은 일본이 된다. 확보한 식민지에 벚꽃이 없다면 아직 완전한 일본영토라 할 수 없다."[42]라고 한 것처럼 일제 강점기 동안 일본은 조선의 문

---

42) 김정은, 「17~20세기 한일 여행 문화 비교연구」, 고려대학교대학원, 박사학위 논문, 2016, 198쪽 참조.

화를 억압하는 동시에, 자신들의 문화를 퍼뜨리려 했어. 벚꽃을 심는 것도 그중 하나였지.

이제 한국에서는 벚꽃을 일본의 상징이 아니라, 봄의 아름다운 풍광의 일부로 보고 있어. 전국 곳곳에서 벚꽃 축제가 열리고, 많은 사람이 벚꽃을 보며 즐거워하지. 하지만 그 역사적 배경을 아는 것도 중요하겠지? 단순히 예쁜 꽃이라고 생각하기 전에, 그 꽃이 어떤 이야기를 품고 있는지 한 번쯤 생각해 보면 좋을 것 같아.

> 집을 팔아 빚을 갚고 남은 것이 몇 원은 되었다. -중략- 고달픈 다리를 끌고 교통 순사들에게 핀잔을 맞으며 정처 없이 거리에서 거리로 헤매던 그들은 밤이 훨씬 늦어서야 한곳에 짐을 벗어 놓았다. 아무리 찾아다니어도 그들을 위해서 눈발을 가려 주는 데는 무슨 다리인지 이름은 몰라도 이 다리 밑밖에는 없었다.[43]

---

43) 앞의 책, 155쪽.

서울에 도착한 부부는 일자리며 거처를 찾는 데 어려움을 겪었어. 며칠 동안 다리 밑에 지내며, 가진 것이 없던 그들은 굶주리게 되었어. 김 씨는 남편이 한없이 불쌍해 보였고, 성실하고 착한 가장이 어쩌다 저 지경이 되었는지 세상을 원망했어. 굶고 앉아 있더라도 그 집만 팔지 말고 그냥 두었으면 좋았을 텐데 하는 후회가 밀려왔어. 고향으로 돌아가고 싶은 생각뿐이었어. 그러던 중 남편이 동동거리는 동안, 김 씨는 구걸하러 나서게 돼. 바가지를 집어 들고 부잣집을 찾아다니며 식은 밥 더운밥 해서 한 바가지를 얻고 돌아오려는데 길이 생각나지 않았어. 김 씨는 길을 잃고 한 노파의 꾐에 빠져 아이와 남편에게 돌아길 수 없게 돼. 방 서방은 아내가 집을 나갔다며 온갖 욕을 했고, 아이도 심하게 아파서 죽게 돼. 모든 것이 한순간에 사라져 버린 것이 방 서방의 삶이었어.

방 서방은 아내와 아이를 잃은 후, 홀로 서울에서 힘겹게 살아가고 있었어. 시간이 흘러 다시 봄이 찾아왔어. 어느 날, 일본인 짐을 나르고 받은 오십 전으로 술 한잔하려고 술

집을 찾던 중, 일본 집 뜰마다 가지가 휘어지게 핀 사쿠라 꽃이 눈에 들어왔어. 그는 그림을 감상하듯 그 꽃을 바라보다가 문득 고향 생각에 잠겼지. '우리가 심은 사쿠라 나무도 저렇게 피었으려니…… 동네가 온통 꽃투성이려니…….' 하지만 그 순간, 뜻밖의 장면이 그의 시선을 사로잡았어.

> 그때 마침 일본 여자 하나가 꽃그늘에서 거닐다가 방 서방과 눈이 마주쳤다. 방 서방은 무슨 죄나 지은 듯이 움찔하고 돌아섰다. 꽃 결같이 빛나는 그 젊은 여자의 얼굴! 방 서방은 찌르르하고 가슴을 진동시키는 무엇을 느끼며 내려왔다.[44]

바로 일본 기모노를 입고 있는 젊은 여인이 지나가는데 자신과 아이를 두고 떠나간 아내였어. 그는 그녀를 알아봤지만, 그녀는 그를 알아보지도 못한 채 지나쳤어. 방 서방은 한숨처럼 중얼거렸어. "정 칠 놈의 세상 같으니!"

그런데 너는 사쿠라 꽃의 유래를 알고 있었니? 서울이라

---

44) 앞의 책, 160쪽.

는 낯선 곳에서 방 서방은 고향을 그리움의 공간으로 떠올렸지만, 사실 그가 떠올리는 '사쿠라 꽃'은 원래부터 그의 고향에서 피우던 꽃이 아니었어. 군청의 식수 사업으로 심어진 일본의 꽃이었지. 이 장면은, 그가 그리워하는 고향조차도 일본의 흔적에서 벗어나지 못한 걸 보여 주고 있어.

작가는 사쿠라 꽃이라는 상징을 통해 일본 식민지 시대가 남긴 깊은 흔적과 방 서방의 상실감을 섬세하게 드러내고 있어. 그런데도 그는 아내를 보고도 "내 아내가 맞나?"라고 직접 묻지 못했어. 그 이유는 무엇이었을까? 혹시 그녀를 마주할 용기가 나지 않았기 때문일까, 아니면 그동안 그가 버텨 온 현실이 너무 불안전했기 때문일까? 그리고 그 순간, 방 서방의 아내는 어떤 감정을 느꼈을까? 나는 이 부분이 참 궁금하단다.

너는 이런 상황이라면 방 서방처럼 행동할지, 다르게 행동할지 생각해 보면 어떨까?

6. 김유정 - 「떡」(1935)
이기심과 생존, 그 끝없는 모순

우리 삶에서 가장 중요한 게 뭐라고 생각해? 정말 살아남는 것
이 가장 기본일까?

빈곤과 굶주림 속에서 하루하루를 겨우 버텨야 하는 삶
이라면 우리는 감당해 낼 수 있을까? 그런데 그런 현실이
1930년대 일제 강점기, 농촌에서는 너무나도 당연한 일상
이었다고 해. 나도 예전엔 이런 이야기를 처음 들었을 때
그저 먼 역사처럼 느껴졌어. 그런데 공부하다 보니 사람들
의 고통이 너무 생생하게 다가오더라. 만약, 내가 그 시절
에 태어났더라면 어떻게 살아남을 수 있었을까 싶어서 소
름이 돋기도 해.

1930년대 김유정의 소설은 어둡고 삭막한 농민들의 삶을 때로는 한 폭의 그림처럼 구체적이고 생생하게 묘사해서 회화성이 강하지. 때로는 웃픈(우스운데 슬픈) 상황을 통해 인간미를 살려 내는 해학적 장치로 농민들의 끈질긴 생명력을 질박하게 펼쳐 놓고 있어.[45]

「떡」은 가난한 생활을 묘사하는 것에 그치지 않고, 기본적인 생존을 위협받는 사람들이 어떻게 살아내고 있는지를 세밀하게 보여 주고 있어. 일제의 수탈정책 아래 농촌의 황폐해짐과 민중의 궁핍한 현실을, 이 작품을 통해 잘 살필 수 있어.

> 여보게, 이 겨울엔 어떻게 지내려나, 올엔 자네 꼭 굶어 죽겠네, 하면 친구 대답이, 이거 왜이랴. 내가 누구라구 지금은 밭떼기 하나 붙일 것 없어도 이래 봐도 한때는 다 하고 펄쩍 뛰고는 지난날 소작인으로 땅 팔 수 있었던 그 행복을 다시 맛보려는 듯 먼 산을 우두

---

45) 권영민, 『한국현대문학사 1』, 민음사, 1993, 516쪽.

커니 쳐다본다.[46]

밭 한 뙈기 하나 없이 굶을 걱정에 시달리고, 먹는 날보다 배를 곯는 날이 더 많았던 삶에서, 우리는 생존마저 위태로웠던 농촌의 현실을 떠올릴 수 있어. 김유정은 소작농조차 부러워야 했던 몰락의 시대를, 지나간 날들을 애써 붙들려는 이들의 헛된 자부심과 함께 따뜻한 풍자 속에 담아내며, 일제강점기 농민들의 절망을 생생하게 비춰 주고 있어.

옥이 아버지는 먹고사는 것이 힘들다 보니 딸자식 하나 있는 것도 큰 걱정거리였어. 개똥이네 바쁜 일 있을 때 도와주는 조건으로 얻은 집에서, 늘 배가 고프다고 킹킹거리는 옥이와 아픈 아내와 함께 끼니 걱정하며 하루하루 살아가.

> 이러던 것이 그날은 유별나게 어느 때보다 일찍 일어
> 났다. 덕희의 말을 빌리면 고 배라먹을 년이 그예 일을
> 저지르려고 새벽부터 일어나 재랄이었다. 하긴 재랄

---

46) 김유정, 『김유정의 소설』, 스피리투스, 2020, 8쪽.

이 아니라 배가 몹시 고팠던 까닭이지만, 아버지의 숟
가락질 소리를 들어가며 침을 삼키고 삼키고 몇 번을
그래 봤으나 나중에는 더 참을 수가 없었다.[47)

바른팔을 뒤로 돌리어 가장 뭐에나 물린 듯이 대구 급
작스레 응아 하고 소리를 내지른다. 그리고 비실비실
일어나 앉아서는 두 손등으로 눈을 비벼 가며 우는 것
이다. 아버지는 이 꼴에 화를 벌컥 내었다. 손바닥으로
뒤통수를 딱 때리더니 이건 죽지도 않고 말썽이야 하
고 썩 마뜩잖게 투덜거린다. 어머니를 향하여 저년 아
무것도 먹이지 말고 오늘 종일 굶기라고 부탁이다. 들
었는지 못 들었는지 어머니는 눈을 깔고 잠자코 있다.[48)

어느 날, 아버지가 새벽에 나무를 팔러 나갈 때 옥이는
아버지의 숟가락질 소리를 듣고 침을 삼키며 일어나 울기
시작했지. 자신의 허기진 배를 채우고 싶었지만, 아버지는

---

47) 앞의 책, 11쪽.
48) 위의 책, 12쪽.

무정하게 손바닥으로 옥이의 뒤통수를 때리며 "이건 죽지도 않고 말썽이야" 하고 어머니를 향하여 "저년 아무것도 먹이지 말고 오늘 종일 굶겨"라고 말한 후 집을 나섰어.

> 요만한 어린아이에게는 먹는 것 지껄이는 것 이것밖에 더 큰 취미는 없다. 그리고 이것밖에 더 가진 재주도 없다. 옥이같이 혼자만 꽁허니 있을 뿐으로 동무들과 놀려지도 지껄이지도 않는 아이에 있어서는 먹는 편이 월등 발달되었고 결말에는 그 길로 한 오락을 삼는 것이다. [49]

어머니는 아버지가 나가고 난 후 옥이에게 묽은 죽 한 그릇을 떠다 줘. 그것으로는 옥이의 허기진 배를 채우기에 부족했어. 옥이는 동무들과 어울려 노는 것도 즐기지 않으며 먹는 것에만 유독 관심이 많은 아이였어. 꼬박 두 시간이나 울고 난 후, 옆집에 사는 개똥 엄마 뒤를 따라 도사댁 잔칫집에 가게 되었어.

---

49) 앞의 책, 13쪽.

옥이 왔니 하고 반기더니 왜 어멈들만 먹느냐고 계집들을 나무란다. 그리고 옆에 섰는 개똥 어멈에게 얘가 얼마든지 먹는단 애유 하고 옥이를 가리키매 그 대답은 다만 싱글싱글 웃을 뿐이다. 작은아씨도 따라 웃었다. 노랑 저고리 남치마 열 서넛밖에 안 된 어여쁜 작은아씨, 손수 솥뚜껑을 열더니 큰 대접에 국을 뜨고 거기에다 하얀 이밥을 말아 수저까지 꽂아준다. 옥이는 황급히 얼른 잡아채었다. 이밥, 이밥. 그 분량은 어른이 한때 먹어도 양은 좋이 차리라.[50]

찬장 앞으로 가더니 손뼉만 한 시루팥떡이 나온다. 받아들고는 또 널름 집어치웠다. 곧 뒤이어 다시 팥떡이 나왔다. 그러나 이번에는 옥이는 손도 아니 내밀고 무언으로 거절하였다. 왜냐하면 이때 옥이의 배는 최대 한도로 늘어났고 거반 바람 넣은 풋볼만치나 가죽이 탱탱하였다.[51]

---

50) 앞의 책, 17쪽.
51) 위의 책, 18쪽.

　도사 댁 작은 아씨는 옥이를 반기며 음식들을 내줘서 옥이는 허기진 배를 채우게 됐어. 옥이의 먹는 모습을 보고 아씨는 시루 팥떡부터 시작해서 맛있는 떡들을 더 가져다 줘. 일상 곯아만 온 굶주린 창자는 배가 불렀는지 혹은 곯았는지 구분 못 하며 식탐은 옥이를 움직이게 했어. 옥이는 처음에는 자꾸만 주는 음식에 거절했으나 생전 처음 맛보는 음식의 유혹에 떡을 보니 계속 먹게 됐어. 옥이의 배는 부풀 대로 부풀었고 풋볼만치나 가죽이 탱탱해졌어. 잘 움직이지도 못하고 숨쉬기도 힘들 정도가 되었지. 그러나 그 모습을 보고 말리는 사람은 하나도 없었어.

　옥이의 이 봉변은 여지껏 동리의 한 이야깃거리가 되어 있다. 할 일이 없으면 계집들은 몰려 앉아서 그때의 일을 찧고 까불고 서로 떠들어대인다. 그리고 옥이가 마땅히 죽어야 할 걸 그대로 살아난 것이 퍽이나 이상한 모양 같다.[52]

---

52) 앞의 책, 20쪽.

그 후, 옥이가 급하게 먹은 음식으로 인해 실신까지 한 이야기는 마을 사람들의 가십거리가 됐어. 그래도 젤 맘 아파하는 사람은 어머니였어. 아파서 누워 있던 옥이 어머니는 배탈이 나 들어오는 옥이를 보고 벌떡 일어나 "왜 배가 이 모양이냐?"라고 물으니, 대답은 없고 옥이는 가만히 방바닥에 누워 뺨 위로 먹은 것을 토해 내곤 축 늘어져 버렸어. 어머니는 앞이 캄캄하여 점쟁이를 불러오게 돼.

비로소 옥이는 정신이 나나 보다. 으악 소리를 지르며 깜짝 놀란다. 그와 동시에 푸드득 하고 포대기 속으로 똥을 갈겼다. 덕희는 이걸 뻔히 바라보고 있더니 골피를 접으며 이 배라먹을 년, 웬걸 그렇게 처먹고 이 지랄이야, 하고는 욕을 오랄지게 퍼붓는다. 그러나 나는 그 속을 빤히 보았다. 저와 같이 먹다가 이렇게 되었다면 아마 이토록은 노엽지 않았으리라, 그 귀한 음식을 돌르도록 처먹고도 애비 한쪽 갖다줄 생각을 못 한 딸이 지극히 미웠다.[53]

---

53) 앞의 책, 24쪽.

시간이 지나 겨우 정신을 차리는 옥이에게 아버지는 "어이 배라먹을 년 웬걸 그렇게 처먹고 이 지랄이야"라며 애비 한쪽 가져다주지 않았다며 딸을 미워했어. 배탈로 고통스러워하는 옥이에게 아버지는 몰인정하게 꾸짖기만 할 뿐, 다정하게 돌보지 않았어. 요즘은 아이 한 명 한 명이 정말 소중하게 여겨지는데, 이 작품 속 인물들이 아이를 대하는 태도는 너무 낯설어. 부모의 사랑이나 관심을 받기는커녕, 먹는 것으로 꾸중이나 듣는 옥이의 마음을 생각하면, 정말 속이 쓰리고 아팠을 것 같아.

그런데 옥이만 그런 걸까? 1930년대, 우리 민족의 가장 아픈 시기를 지나던 그때의 삶을 떠올려 보면, 당시의 현실이 지금 우리의 세상과 어떻게 맞닿아 있는지 돌아보게 돼. 굶주림 끝에 실신한 옥이를 두고도 안타까워하기는커녕, 이야깃거리로 삼는 마을 사람들, 자기 몫을 내놓지 않는다고 비난하는 아버지의 모습은 단순히 그 시대의 문제로만 보이지 않아. 극한의 삶 속에서 인간이 얼마나 이기적일 수도 있고, 또 얼마나 고통에 무뎌질 수도 있는지를 보여 주는 듯해.

요즘은 배를 곯을 일이 적지만 또 다른 결핍이나 과잉이라는 어려움이 있지. 현대에 겪을 수 있는 어려움이 무엇이며, 어떤 태도로 그 어려움을 바라봐야 할지 생각해 볼까?

7. 김동리 – 「무녀도」(1936)
신념의 갈등, 그리고 공존의 가능성

종교 갈등, 특히 가족 안에서 이런 문제가 생기면 정말 마음이 복잡하겠지?

기독교를 믿는 자녀와 전통 신앙을 따르는 부모가 서로 이해하지 못하고 대립한다고 했을 때, 어떻게 서로의 입장을 존중하고 갈등을 풀 수 있을까? 사실 종교적인 믿음은 단순한 생각 이상의 삶의 방향을 정하는 세계관이기 때문에 중요한 부분이야. 나는 서로의 믿음을 이해하고, 서로 다름을 인정하며 강요하지 않는 것이 중요하다고 생각해. 이야기 속 두 세계관의 부딪힘이 어떻게 드러나는지 살펴보며 깊이 생각해 볼까?

김동리는 일제 강점기라는 역사적 상황 속에서 우리의 말과 글을 비롯해 민족문화가 말살 당하던 시기에 문학을 통해 '우리 민족의 얼과 넋'을 전하겠다는 결심을 했다고 해. '우리 민족의 가장 근본은 무엇일까?', 민족의 근원적인 얼과 넋이 무엇일지 자문했던 그는, 중국인의 유교, 서양인의 기독교에 필적하는 우리 것이 과연 무엇인지 성찰했지. 마침내 그는 '샤머니즘'이야말로 바로 그것이라는 결론[54]을 얻었다고 해.

김동리의 「무녀도」는 당시 널리 퍼져 있던 샤머니즘과 기독교 신앙의 충돌을 생생하게 보여 주며, 작품 속 어머니와 욱의 갈등은 각각의 신앙이 지닌 특징과 대립을 잘 드러내고 있어.

경주의 어느 마을에 모화라는 무당이 벙어리 딸 낭이와 쓸쓸히 살고 있었어. 그러던 중, 10년 만에 예수교 신자가 되어 돌아온 아들 욱이는 낭이에게 성경 읽기와 하나님 모

---

54) 김동리, 『명상의 늪가에서』, (서울:행림출판사, 1980), 156쪽.

시기를 권하였고, 이로 인해 모화와 욱이 사이에는 종교적 갈등이 시작되었어.

"너 사람을 누가 만들어 낸지 아니?"

하였다. 그러나 낭이에게는 이 말이 들리지도 않았을 뿐더러, 욱이의 손짓과 얼굴 표정을 통해 대강 짐작할 수 있었다 하더라도 이건 지금까지 생각도 해 보지 못한 어려운 말이었다.

"그럼 너 사람이 죽어서 어떻게 되는 줄은 아니?"

"……."

"이 책에는 그런 것들이 모두 씌어 있다."

그러고는 손으로 몇 번이나 하늘을 가리켰다. 그리하여 낭이가 알아들은 말이라고는 겨우 한마디 '하나님'이었다.

"우리 사람을 만든 것은 하나님이다. 하나님은 우리 사람뿐 아니라 천지 만물을 다 만들어 내셨다. 우리가 죽어서 돌아가는 곳도 하나님 전이다."[55]

---

55) 김동인외, 『한국 단편소설 40』, 리베르, 2012, 355쪽.

욱이는 낭이에게 하나님에 대해 "우리 사람을 만든 것이 하나님이다. 하나님은 우리 사람뿐 아니라 천지 만물을 다 만들어 내셨다. 우리가 죽어서 돌아가는 곳도 하나님 전이다."라고 설명해.

이러한 욱이의 '하나님'은 며칠 지나지 않아 곧 모화의 의혹과 반발을 불러일으켰다. 욱이가 온 지 사흘째 되던 날, 아침밥을 받아 놓고 그가 기도를 드리려니까, 모화는,

"너 불도(佛道)에도 그런 법이 있나?"

이렇게 물었다. 모화는 욱이가 그동안 절간에 가 있다 온 줄만 믿고 있었으므로, 그가 하는 짓은 모두 불도에 관한 일인 줄로만 생각하는 모양이었다.

"아니요 오마니, 난 불도가 아닙내다."

"불도가 아니고, 그럼 무슨 도가 있어?"

"오마니 절간에서 불도가 보기 싫어 달아났댔쇠다."

"불도가 보기 싫다니. 불도야 큰 도지…… 그럼 넌 뭐 신선도야?"

"아니요 오마니, 난 예수도올시다."

"예수도?"

"북선 지방에서는 예수교라고 합데다. 새로 난 교지요."

"그럼, 너 동학당이로군!"

"아니요 오마니, 나는 동학당이 아닙내다. 나는 예수도
올시다."

"그래. 예수도온가 하는 데서는 밥 먹을 때마다 눈을
감고 주문을 외이나?"[56]

욱이가 믿는 하나님에 대해 모화는 반발하기 시작했어.
욱이가 절에서 돌아온 아들이었기 때문에, 모화는 그가 하
는 모든 일이 불교와 관련된 것으로 생각하게 되지.

한참 동안 고개를 수그리고 무엇을 생각하고 있던 욱이
는, 고개를 들어 그 어머니의 얼굴을 똑바로 바라보며,
"오마니, 이것 보시오. 마태복음 제구장 삼십오절이올시
다. 저희가 나갈 때에 사귀 들려 벙어리 된 자를 예수께

---

56) 앞의 책, 355~356쪽.

데려오매, 사귀가 쫓겨나니 벙어리가 말하거늘……."
그러나 이때 벌써 모화는 자리에서 일어나, 방구석에
언제나 차려 놓은 '신주상' 앞에 가서,
"신령님네, 신령님네, 동서남북 상하 천지,
날것은 날아가고, 길것은 기어가고
머리검하 초로인생 실낱 같안 이 목숨이,
신령님네 품이길래 품속에 품았길래.
대로같이 가옵내다, 대로같이 가옵내다.
부정한 손 물리치고, 조콜한 손 받으실새,
터주님이 터 주시고 조왕님이 요 주시고,
심신님이 멍 주시고 칠성닙이 들르시고,
미륵님이 돌보셔서 실낱 같안 이 목숨이,
대로같이 가옵내다. 탄탄대로같이 가옵내다."57)

욱이는 모화에게 "오마니, 이것 보시오. 마태복음 제구
장 삼십오절이올시다. 저희가 나갈 때에 사귀 들려 벙어리
된 자를 예수께 데려오매, 사귀가 쫓겨나니 벙어리가 말하

---

57) 앞의 책, 357쪽.

거늘······."라고 말하자 모화는 모시고 있는 신주상 앞에 가서 신령님을 불러. 그래도 분을 못 이겨 냉수 그릇을 들어 물을 머금고 욱이의 낯과 온몸에 뿜으며, "귀신아, 물러서"라고 소리를 지르게 돼.

그 후 모화는 성경을 불태우고 욱이는 잠결에 성경이 없어진 것을 알고 부엌에서 불타는 성경을 붙잡으려다 모화가 휘두르는 칼에 찔리게 돼. 모화의 극진한 간호에도 욱이는 건강이 악화됐고, 일어날 기미를 보이지 않았어.

"무당과 판수(점치는 일을 업으로 삼는 소경)를 믿는 것은 거룩거룩하시고 절대적 하나밖에 없는 우리 하나님 아버지께 죄가 됩니다. 무당이 무슨 능력이 있습니까. 보십시오. 무당은 썩어 빠진 고목나무나, 듣도 보도 못하는 돌미륵한테도 빌고 절을 하지 않습니까. 판수가 무슨 능력이 있습니까. 보십시오, 제 앞도 못 보아 지팡이로 더듬거리는 그가 어떻게 눈 밝은 사람을 구원할 수 있겠습니까. 우리 인생을 만든 것은 절대

적 하나밖에 없는 하나님 아버지올시다. 그러므로 아
버지께서는 말씀하셨습니다. 내 앞에 다른 신을 두지
말라……."58)

모화의 마을에 '복음'이 전파되고, 교회가 들어서고 예수
교가 빠르게 확산되던 중, 평양에서 온 현 목사는 이 마을
의 교회가 욱이의 노력으로 세워졌다고 칭찬을 했어. 그러
나 병을 앓고 있던 욱이는 회복하지 못하고 목사가 준 성
경을 가슴에 안고 숨을 거두고 말았어.

모화는 욱이의 병간호로 사람들의 청한 굿을 들어주지
못하자, 마을 사람들 사이에서 그녀가 예전처럼 신령한 능
력을 지닌 존재가 아니라는 소문이 돌게 됐어. 욱이가 세
상을 떠난 후, 모화는 물에 빠진 부잣집 며느리의 혼백을
건지기 위한 굿을 맡게 돼. 마을 사람들은 모화의 신령한
굿을 보기 위해 몰려들었지만, 혼백을 건지지 못하자 모화
는 주문을 외며 물가로 들어갔고, 결국, 모화는 물에 빠져

---

58) 앞의 책, 364~365쪽.

생을 마감하게 되었어. 그 후, 혼자 남은 낭이는 아버지를 따라 다니며 무녀도를 그리며 살아가게 돼.

1936년에 발간된 「무녀도」는 우리나라의 무속신앙과 기독교 신앙의 면모를 구체적으로 묘사하고 있어. 무속신앙은 한국의 전통적인 민간신앙으로, 자연과 인간을 초월한 신령과 영혼을 섬기고 소통하는 신앙이야. 기독교 신앙은 하나님을 믿고 예수 그리스도의 가르침과 행적을 본받으며, 그를 인류의 구세주요, 대속하는 주요 메시아로 믿고 따르는 종교로 그리스도교라고도 해.

이 작품에 드러난 갈등은 서양 문물과 종교의 유입으로 한국 사회가 겪었던 혼란을 잘 보여 주고 있어. 모화의 죽음은 외래 문명의 유입으로 전통적 샤머니즘이 사라지는 모습을 상징하지. 하지만 작가는 전통문화가 쇠퇴하는 현실을 인정하면서도, 낭이가 무녀도를 계속 그리는 행위를 통해 한과 정서를 이어 가게 해. 이를 통해 우리 민족의 끊임없는 정서와 한국인의 뿌리를 작가는 드러내고 있다고 볼 수 있어.

나는 먼저 모든 민족에 있어서 각각 그 시대의 생의 이념이 되고 가치의 기준이 되는 것을 훑어볼 때 서양에서는 기독교, 동양에서는 유교, 불교 따위란 것을 발견하고, 우리 한국의 경우를 생각해 보았다. 즉 우리 민족에게 있어서 불교와 유교가 들어오기 이전 이에 해당하는 민족 고유의 종교적 기능을 담당한 것은 무엇일까 하는 문제였다. 내가 샤머니즘에 생각이 미치게 된 것은 이러한 과정을 거쳐서였고, 따라서 오늘날의 무속이란 것이 우리 민속에 있어서는 가장 원초적인 종교적 기능이라 볼 때 그 가운데는 우리 민속 고유의 정신적 가치의 핵심이 되는 그 무엇이 내재하여 있을 것이라고 생각했다.[59)]

김동리는「무녀도」를 통하여 샤머니즘에 대한 깊은 관심과 통찰을 드러냈어. 그는 전통적인 샤머니즘과 기독교 신앙 대립을 통해 한국적 정체성을 찾으려는 문학적 시도를 보여 줬지. 이는 김동리가 우리 민족의 고유한 종교적 기

---

59) 김동리, 『명상의 늪가에서』, (서울:행림출판사, 1980), 156쪽.

능을 샤머니즘으로 보았다는 점에서도 드러나. 또한, 김미영(2003)의 연구에서도 "한국문학의 특질에 해당하는 민족적 휴머니즘 혹은 민족정신의 실체가 샤머니즘이라고 보는 인식은 김동리 시대의 산물"[60]이라고 설명하며, 김동리의 작품이 외래 문물에 의존하지 않고 우리 민족의 독자적인 특성을 확립하려는 노력의 일환이었다고 분석했어.

「무녀도」에서 모화의 죽음은 전통적인 신앙이 쇠퇴하는 모습을 상징한다고 말했었지? 하지만 낭이가 그 전통을 이어 가는 모습을 통해, 우리는 여전히 그 뿌리와 연결되어 있음을 확인할 수 있어. 이는 시대에 따라 신앙의 형태는 변할 수 있지만, 근본적인 정체성과 가치가 지속된다는 의미로도 읽을 수 있어. 결국, 우리는 어떤 믿음을 따르든, 서로를 이해하고 존중하는 마음이 있어야 하지 않을까?

---

60) 김미영, 「'한국'문학에서 한국'문학'으로 한국문학의 지방성 극복 문제에 관한 제언」, 한국현대문학회, 2003.

서로 다른 가치관을 가진 사람들과 어떻게 공존할 수 있을까?

8. 채만식 – 「치숙」(1938)
순응과 저항, 그 끝없는 갈등

여는 질문

정체성을 지키면서도 삶을 살아야 하기 위해 우리는 어떤 선택을 해야 했을까?

근현대소설이 지어지던 당시처럼, 우리가 식민지 상황에 살고 있다고 생각해 봐. 생계를 유지하기 위해 일제에 순응하는 길을 선택하는 게 그리 나쁘지 않을 수 있겠지. 이상하지 않았을까? 강압적인 일본의 정책 속에서 조선 사람으로서의 정체성을 지키기는 결코 쉬운 일은 아니었을 거야. 식민지 시대의 조선에서 생존을 위한 선택은 단순한 개인의 문제가 아니었겠지.

채만식의 소설이 지닌 중요한 특징을 요약한다면 식민

지 현실에 대한 부정과 비판 정신이 주축을 이룬다는 점이야. 그는 식민지 시배의 현실 자제를 부정하고 그 현실에 기생하여 살아가는 인간들을 부정하고 있어. 그 부정과 비판을 직설적으로 서술하지 않고 풍자의 방법을 활용[61]하고 있단다.

이 작품은 식민지 지배의 현실 자체를 부정하는 아저씨와 현실에 기생하며 살아가는 주인공 '나'의 갈등을 통해 당대 사람들의 현실 인식을 보여 주고 있어.

> 이십 년을 설운 청춘 한숨으로 보내고서 다 늦게야 송장 여대치게 생긴 그 양반을 그래도 남편이리고 모셔다가는 병 수발 들랴, 먹고살랴, 애(마음과 힘의 수고로움)가 진(盡 다하여 없어짐)하고 다니는 걸 보면 참 말 가엾어요.
>
> 그게 무슨 죄다짐이람? 팔자, 팔자 하지만 왜 팔자를 고치지를 못하고서 그래요. 우리 죄선(조선) 구식 부인

---

61) 권영민,『한국현대문학사 1』, 민음사, 1993, 504쪽.

네들은 다아 문명을 못하고 깨지를 못해서 그러지.[62]

아저씨는 사회주의 운동을 한 혐의로 징역살이를 하다 출옥한 후 폐병으로 앓아눕게 돼. 그런 아저씨를 아주머니는 병수발을 하게 되는데 '나'의 눈에는 아저씨는 일본에서 대학도 다녔지만, 아직도 철이 들지 않은 실업자로 비치며 아주머니를 고생시키는 대상으로 바라보고 있어.

이 당시 일제의 사회주의에 대한 경계 강화는 1924년 4월, 조선 청년 총동맹과 조선 노동 총동맹이 결성되자 더욱 엄격해졌어. 일제는 기본적으로 식민지 조선의 사회주의가 민족문제를 해결하는 방법으로 택하고 강한 통제와 단속을 강화했어. 그것이 1923년부터 실제화되어 두 총동맹을 통해서 형식상 통일을 이루자 사회주의 운동이 '최고조'에 이르렀다고 판단했어. 그리하여 "청년 당 대회가 열리고 의열단 사건이 폭로되며, 일본에서 공산당 조직 음모가 폭로된 이후" 1923년 하반기 이래 사회주의자들에 대한

---

62) 김동인외, 『한국단편소설 40』, 리베르, 2012, 388쪽.

단속이 더욱 극심해졌어.[63]

나라라는 게 무언데? 그런 걸 다 잘 분간해서 이럴 건
이러고 저럴 건 저러라고 지시하고, 그 덕에 백성들은
제각기 제 분수대로 편안히 살도록 애써주는 게 나라
아니오?

그놈의 것 사회주의만 하더라도 나라에서 금하질 않
고 저희가 하는 대로 두어 두었어 보아? 시방쯤 세상
이 무엇이 됐을지…….

다른 사람들도 낭패 본 사람이 많았겠지만, 위선 나만
하더라도 글쎄 어쩔 뻔했어! 아무 일도 다 틀리고 뒤
죽박죽이지.

내 이상과 계획은 이렇거든요.

우리 집 다이쇼가 나를 자별히 귀애하고 신용을 하니
까 인제 한 십 년만 더 있으면 한밑천 들여서 따로 장
사를 시켜 줄 그런 눈치거든요.

---

63) 전상숙,『일제시기 한국 사회주의 지식인 연구』, 지식산업사, 2004,
69쪽.

그러거들랑 그것을 언덕 삼아 가지고 나는 삼십 년 동
안 예순 살 환갑까지만 장사를 해서 꼭 십만 원을 모
을 작정이지요. 십만 원이면 죄선 부자로 쳐도 천석꾼
이니, 뭐 떵떵거리고 살 게 아니냐구요.[64]

'나'는 "나라라는 게 무언데? 그런 걸 다 잘 분간해서 이
럴 건 이러고 저럴 건 저러라고 지시하고, 그 덕에 백성들
은 제각기 제 분수대로 편안히 살도록 애써주는 게 나라
아니오?"라며 국가의 역할에 대해 의문을 이야기해. 나라
가 사회주의자들을 금하지 않았다면 나라가 어떻게 돌아
가고 있을지를 비난하는 '나'를 통해 이 작품을 읽는 독자
는 국가의 의미를 한 번 생각해 봐야 할 것 같아.

백성에게 있어 국가란 무엇인지에 대해 채만식은 늘 관
심이 많았어. 국가란 일정한 영토와 국민을 바탕으로 정부
가 존재하며 주권을 가진 정치적 조직체를 의미해. 소크라
테스의 『국가(Politeia)』에 이상적인 국가의 네 가지 덕목이
나와. 지혜, 절제, 용기, 올바름을 강조하며, 이를 통해 정

---

64) 앞의 책, 394쪽.

의롭고 행복한 국가의 모습을 설명해. [65] 반면 일제 강점기
는 한국이 일본 제국주의에 의해 통치된 시기(1910~1945
년)로, 이상적인 국가의 모습과는 거리가 먼 자발적인 선
택이나 자율적인 통치 구조 없이 강제로 지배당한 시기였
다고 볼 수 있어.

나는 죄선 여자는 거저 주어도 싫어요.

구식 여자는 얌전은 해도 무식해서 내지인하고 교제
하는 데 안 됐고, 신식 여자는 식자나 들었다는 게 건
방져서 못쓰고, 도무지 그래서 죄선 여자는 신식이고
구식이고 다 제에발이야요.

내지 여자가 참 좋지 뭐. 인물이 개개 일자로 이쁘것
다, 얌전하것다, 상냥하것다, 지식이 있어도 건방지지
않것다, 좀이나 좋아!

그리고 내지 여자한테 장가만 드는 게 아니라 성명도
내지인 성명으로 갈고, 집도 내지인 집에서 살고, 옷도
내지 옷을 입고, 밥도 내지식으로 먹고, 아이들도 내지

---

65) 국가 참조.

인 이름을 지어서 내지인 학교에 보내고…….

내지인 학교라야지 죠선 학교는 너절해서 아이들 버

려 놓기나 꼭 알맞지요.

그리고 나도 죠선말은 싹 걷어치우고 국어 (일본 말)

만 쓰고요.[66]

일제 식민지에 순응하려는 '나'는 사회주의로 세상을 어
지럽히는 아저씨가 못마땅하게 생각되었어. 그러면서 자
신은 열심히 일해서 일본 여자와 결혼하고 이름도 일본식
으로 바꾸고 아이를 낳으면 일본인 학교에 보낼 꿈을 가지
고 있어. '나'의 생각처럼 '일본이 열심히 식민지를 통치하
는 데 사회주의자가 방해한다'고 생각하는 것은 민족의 정
체성과 자주성을 훼손할 위험이 있다고 볼 수 있어.

"아저씨……경제란 것은 돈 모아서 부자 되라는 것 아
니오? 그런데, 사회주의란 것은 모아 둔 부자 사람의
돈을 뺏어 쓰는 것 아니오?"

---

66) 앞의 책, 394쪽.

"그건 보통, 경제한다는 뜻으루 쓰는 경제고, 경제학이나 경제적이니 하는 건 또 다르다."

"다를 게 무어요? 경제는 돈 모으는 것이고, 그러니까 경제학이면 돈 모으는 학문이지요."

"아니란다. 혹시 이재학(理財學 나라를 다스리는 데 필요한 자금의 조달, 관리, 운용 따위에 대하여 연구하는 학문)이라면 돈 모으는 학문이라고 해도 근리(近理 이치에 가까움)할지 모르지만 경제학은 그런 게 아니란다."67)

'나'는 아저씨가 쓴 '경제'라는 글을 읽고 사회주의에 대해 자기 생각을 이렇게 반박해. '나'는 "돈을 모아서 부자 되는 것이 경제가 아니냐?"라고 주장하며, 경제학을 개인이 재산을 축적하는 방식으로 이해하고 있었어. 그러나 아저씨는 '나'의 이 주장에 대해 "그것은 이재학이지 경제학이 아니다"라고 반박해. 여기서 아저씨는, '나'가 경제학을 단순히 부를 축적하는 것만으로 이해하고 있다는 점을 지

---

67) 앞의 책, 398쪽

적하며, 그것이 진정한 경제학의 범주에 들어가지 않는다
고 말하는 거야.

"아저씨?"

"왜 그러니?"

"그러면 아저씨는 대학교를 다니면서 돈 모아 부자 되
는 경제 공부를 한 게 아니라 모아 둔 부자 사람네 돈
뺏어 쓰는 사회주의 공부를 했으니 말이지요……."

"너는 사회주의가 무얼루 알구서 그러냐?"

"내가 그까짓 걸 몰라요?"

한바탕 주욱 설명을 했지요.

내 얼굴만 물끄러미 올려다보고 누웠더니 피식 한번
웃어요. 그러고는 그 양반이 하는 소리겠다요.

"그게 사회주의냐? 부랑당이지."

"아니, 그럼 아저씨두 사회주의가 부랑당인 줄은 아시
는구려?"

"내가 언제 사회주의가 부랑당이랬니?"

"방금 그리잖았어요?"

"글쎄, 그건 사회주의가 아니라 부랑당이란 그 말이다."

"거 보시우! 사회주의란 것은 그렇게 날부랑당이어요.

아저씨두 그렇다구 하면서 아니래시오?"[68]

또, '나'는 아저씨가 사회주의를 공부했다고 하며, '부자의 돈을 빼앗아 쓰는 사회주의'를 주장하는 아저씨를 비웃어. '나'는 아저씨가 공부를 잘못했으며, 대학을 잘못 다녔다고 비판하지. 아저씨는 이에 대해 '나'가 일본 제국주의 시대에 그저 일본인 주인의 눈에 들어 일본 여자에게 장가들어 잘살아 보겠다고 말하며, '나'의 이기적이고 현실적인 태도를 비핀헤. 이저씨는 '나'를 안타깝게 생각하며, 더 넓은 시야와 책임감을 가지길 바라고 있어.

송현호(1994)의 연구에서는 "사회주의란 식민지 지배층과 신흥 부르주아가 결탁해서 자행하고 있던 부의 편중화 현상과 식민지 수탈 정책을 극복하기 위한 하나의 방편이다. 따라서 이는 경직된 사회주의가 아니고 민족주의가 가

---

(68) 앞의 책, 399쪽.

미된 사회주의이다."[69]라고 보고 있어. 즉, 사회주의는 단순한 경제적 변화가 아니라, 민족의 독립과 권리 회복을 위한 노력으로 이해된다는 거야.

이러한 맥락에서 「치숙」 속 두 인물의 갈등은 단순한 개인적 신념의 차이를 넘어, 당시 조선 사회가 직면한 고민을 반영하고 있어. 철저히 일본의 통치에 순응하며 개인적 안정을 추구하는 '나'와, 사회적 정의를 위해 싸우는 길을 선택한 아저씨의 대립으로 식민지 현실에서 개인의 생존과 민족의 미래 중 무엇을 우선해야 하는지 고민을 드러내고 있어. 이는 많은 지식인이 마주했던 현실이었어.

「치숙」은 이러한 갈등을 통해 식민지 조선의 현실과 그 안에서 살아가는 사람들의 딜레마를 생생하게 보여 주고 있어.

닫는 질문

우리는 식민지 현실에서 일본에 순응하며 개인적 안정을 추구하는 길을 선택했을까, 아니면 사회적 정의를 위해 싸우는 길을 택했을까?

---

69) 송현호, 「채만식의 지식인 소설 연구」, 한국현대소설학회, 1994.

9. 이태준 – 「돌다리」(1943)
전통과 현대의 갈림길에서

사람들은 언제 부모의 사랑을 강하게 느낄까?

부모와 자식은 일반적인 관계와 어떤 차이가 있을까? 어떤 관계보다 가깝고도 친밀한 관계가 아닐까? 하지만 여러 가지 이유로 갈등과 불편을 겪기도 하지. 때로는 서로를 이해하기 힘들 때도 있고, 마음을 주고, 받기 어려운 상황을 만나기도 해. 아마도 자녀가 자기가 받은 은혜를 잘 모를 때, 부모는 자신이 베푼 것에 대해 기대할 때 그런 것 같아. 그런데 이러한 관계의 깊이나 갈등은 세대를 거듭하며 반복되는 거 아니?

1930~1945년의 소설의 특징을 보면 일본이 1931년 만

주사변, 1937년 중일전쟁을 도발하면서부터 문화 전반에 걸친 탄압을 강화하자 작가들은 이러한 현실에 제 나름으로 대응하며 다양한 경향의 소설을 발표했어. 그중에 어떤 작가들은 현실을 숨기지 못해 현실 참여적인 작품을 발표하기도 했어.[70] 이러한 시대적 흐름 속에서 이태준은 고통스러운 삶을 예술적으로 승화한 작품을 많이 남겼어. 특히 「돌다리」를 통하여 요즘 세상의 변화로 사라지고 있는 인간성, 옛것 중에서도 소중한 것에 관해 이야기하고 있지.[71]

물론 이 시기의 문학이 이전 시대보다 민족주의적이고 자유주의적인 경향이 다소 약화된 것은 사실이야. 일제 강점기와 해방 후의 혼란스러운 분위기 속에서 민족적 자각이나 사회적 변화에 대한 논의가 줄어든 것도 자연스러운 현상이야. 따라서 이런 현실을 외면하거나 역사를 다루지 않는 문학을 비난할 수만은 없어. 문학은 시대적 맥락 속

---

70) 김윤식·김우종 외 38, 『한국현대문학사』, 현대문학, 1989, 224쪽.
71) 위의 책, 227쪽.

에서 다양한 방식으로 현실을 반영하는 법이니까.

「돌다리」는 아버지와 창섭의 가치관 갈등을 중심으로 전개돼. 아버지는 땅과 돌다리를 단순한 경제적 자산이 아니라 조상의 얼과 전통을 상징하는 소중한 것으로 여기고, 창섭은 경제적 이익과 현대화를 추구하며 땅을 병원 확장을 위한 자금 마련의 수단으로 생각해. 이를 통해 부모와 자식 간의 관계 속에서 세대 간 가치의 차이를 들여다볼 수 있어.

어느 날, 창섭은 아버지께 병원 증설 자금을 얻기 위해 고향을 찾아왔어. 동네에서 근검하기로 소문난 아버지는 논밭을 가꾸는 일에 온 마음을 다하시는 분인데, 창섭이 마을에 들어섰을 때, 장마 때 떠내려간 돌다리를 묵묵히 고치고 있었어.

"너희 증조부님 돌아가시어서다. 산소에 상돌(무덤 앞에 제물을 차려 놓기 위하여 넓적한 돌로 만들어 놓은

상)을 해 오시는데 징검다리로야 건네 올 수가 있니?
그래 너희 조부님께서 다리부터 이렇게 넓구 튼튼한
돌루 노신 거란다."[72]

창섭은 부모님을 서울로 모시고 싶어 했고, 땅을 팔아 병원을 지으면 큰 이득이 남는다고 아버지를 설득해. 그러나 아버지는 조상들과 연계된 땅에 얽힌 이야기를 하면서 땅이 천지 만물의 근거라고 여기며 강한 애착을 보였어.

"나무다리가 있는데 건 왜 고치시나요?"
"너두 그런 소릴 하는구나. 나무가 돌만 허다든? 넌 그 다리서 고기 잡던 생각두 안 나니? 서울루 공부 갈 때 그 다리 건너서 떠나던 생각 안 나니? 시체(時體요즘) 사람들은 모두 인정이란 게 사람헌테만 쓰는 건 줄 알드라! 내 할아버니 산소에 상돌을 그 다리루 건네다 모셨구, 내가 천잘(천자문을) 끼구 그 다리루 글 읽으러 댕겼다. 네 어미두 그 다리루 가말 타구 내 집에 왔

---

72) 김동인외, 『한국단편소설 40』, 리베르, 2012, 165쪽.

어. 나 죽건 그 다리루 건네다 묻어라······ 난 서울 갈
생각 없다.”[73]

아버지에게 돌다리나 땅은 경제적 효용 가치 그 이상의
의미를 지니고 있어. 그것은 조상들의 얼과 정성이 깃든
것을 지켜 나가는 근원적 힘이라고 믿는 거야. 그래서 아
버지는 자식의 정당한 의견을 무시하는 게 아니라, 우리가
모두 함께 지켜야 할 가치로서 자신의 신념을 내세우고 있
는 거지.

“팔지 않으면 그만 아닙니까?”
“나 죽은 뒤에 누가 거두니? 너두 이제두 말했지만 너
두 문서 쪽만 쥐구 서울 앉어 지주 노릇만 허게? 그따
위 지주허구 작인 틈에서 땅들만 얼말 곯는지 아니?
안 된다. 팔 테다. 나 죽을 임시(무렵)엔 다 팔 테다. 돈
에 팔줄 아니? 사람헌테 팔 테다. 건너 용문이는 우리
느르지 논 같은 건 한 해만 부쳐 보구 죽어두 농군으

---

73) 앞의 책, 167쪽.

로 태났던 걸 한허지 않겠다구 했다."74)

아버지는 창섭에게 땅을 돈으로 생각하지 않기 때문에, 땅을 소중히 여길 사람에게만 팔겠다고 했어. 그리고 자신의 믿음을 무시하지 말아 달라고 부탁한 뒤, 돌다리를 고치러 나갔어. 창섭은 아버지의 말을 듣고 나서, 자신의 계획이 실패한 걸 받아들이면서도, 아버지와 자기의 생각이 너무 다르다는 걸 느꼈어. 그 후, 창섭은 아버지가 정성을 다해 고친 돌다리를 건너 서울로 떠나고, 아버지는 그런 아들의 뒷모습을 안타까운 마음으로 바라보게 돼.

아버지는 종일 개울에서 허덕였으나 저녁에 잠도 달게 오지 않았다. 젊어서 서당에서 읽던 백낙천(白樂天 중국 당나라의 시인 백거이)의 시가 다 생각이 났다. 늙은 제비 한 쌍을 두고 지은 노래였다. 제 배속이 고픈 것은 참아가며 입에 얻어 문 것은 새끼들부터 먹여 길렀으나, 새끼들은 자라서 나래에 힘을 얻자 어디인

---

74) 앞의 책, 168쪽.

지 저희 좋을 대로 다 날아가 버리어, 야위고 늙은 어버이 제비 한 쌍만 가을바람 소슬한 추녀 끝에 쭈그리고 앉아 있는 광경을 묘사하였고, 나중에는, 그 늙은 어버이 제비들을 가리켜, 새끼들만 원망하지 말고 너희들이 새끼 적에 역시 그러했음도 깨달으리라는 풍자의 시였다.[75]

그날 저녁 아버지는 종일 개울에서 허덕였으나 잠이 오질 않았어. 젊어서 서당에서 읽던 백낙천의 시 「연자가」를 떠올리게 돼. 이 시는 한 쌍의 어미·아비 제비가 새끼를 정성껏 키우는 이야기야. 어미 제비는 지치고 야위어 가면서도, 새끼들에게 먹이를 주고 말을 가르치며 사랑으로 돌봐. 그런데 새끼들이 자라 날아가 버리자, 어미 제비는 외롭고, 슬퍼하지. 하지만 시인은 말해.

제비야 제비야 너 그리 슬퍼하지만 말고
마땅히 지난날에 네 스스로를 생각해 보라

---

75) 앞의 책, 169~170쪽.

"네 어린 새끼 때의 일과 어버이를 등지고 하늘 높이 날았던 일을 생각해 보련"이라는 부분으로 부모의 사랑과 자식의 성장, 그리고 시간이 지나서야 깨닫게 되는 부모 마음을 제비의 모습에 빗대어 전하고 있어. 이는 부모의 사랑과 희생이 반복된다는 인생의 본질을 보여 주며, 우리 모두에게 우리 새끼 적에 다 그러했다는 깨달음을 얻을 수 있지.

비가 아무리 쏟아져도 어떤 한정을 넘는 법은 없다. 물의 분수없이 늘어 떠내려갔던 게 아니라 자갈이 밀려 내려와 물구멍이 좁아졌든지, 그렇지 않으면, 어느 받침돌의 밑이 물살에 궁굴려 쓰러졌던 그런 까닭일 게다. 미리 바닥을 치고 미리 받침돌만 제대로 보살펴 준다면 만년을 간들 무너질리 없을 게다. 그저 늘 보살펴

---

76) 백낙천(백거이) - 「연자가」 발췌.

결국, 창섭은 아버지의 가치와 신념을 인정하게 되며, 자신이 지나치게 자기중심적으로 생각했다는 걸 깨닫게 돼. 하지만 그렇다고 해서 두 사람의 생각 차이가 완전히 좁혀진 건 아니야. 이런 갈등은 창섭과 아버지만의 문제가 아니야. 부모와 자식 사이에서 늘 반복되는 이야기일지도 몰라.

돌다리는 단순히 강을 건니는 다리가 아니었어. 아버지에게는 조상들이 남긴 소중한 유산이고, 가족의 기억이 담긴 곳이었어. 그러나 아들은 땅을 팔아 병원을 지으면 돈도 벌고 부모님을 모시기에도 좋겠다는 현실적 자산이었어. 이처럼 부모 세대는 전통과 추억을 소중히 여기지만, 자녀 세대는 실용성과 편리함을 더 중요하게 생각하는 경우가 많아. 그렇다면 우리는 이 차이를 어떻게 받아들여야

---

77) 앞의 책, 170쪽.

할까? 세대 간 갈등은 피할 수 없지만, 그 속에서 서로의 입장을 이해하려는 노력은 분명 의미 있는 일이야. 과거의 가치를 무조건 지키는 것도, 무조건 버리는 것도, 정답은 아니니까.

무엇을 선택하든 그 선택이 단절이 아니라 연결되어야 한다는 점에 대해 어떻게 생각해?

10. 채만식 - 「논 이야기」(1946)
약자를 위한 국가, 가능할까?

여는 질문

만약 국가가 약자인 권리를 보장해 주지 않는다면, 우리는 무엇을 선택해야 할까?

국가는 모든 국민을 보호하고, 정의를 실현해야 하지만 현실에선 특정 계층만 대변하거나 약자의 목소리를 외면하는 경우가 종종 있어. 역사는 불의에 맞서 싸운 이들의 기록으로 채워진다고 하잖아. 그러면, 우리는 국가 앞에서 어떤 문제라도 직시하고 목소리를 내야 하지 않을까? 작은 목소리가 모이면 변화의 시작이 될 수 있어. 결국, 이 질문에 대한 답은 우리 각자의 선택에 달려 있다고 봐.

1946년은 해방 직후 해방의 기쁨도 잠시 사회는 여전히 혼란스러웠어. 시대가 바뀌었음에도 여전히 농민들은 고통을 받고 기득권을 가진 지주들은 변함없이 권력을 유지하는 상황이었지. 「논 이야기」는 구한말과 일제 강점기, 그리고 해방 직후의 사회 상황을 풍자한 농촌 소설이야. 광복 후에도 일본인들이 빼앗았던 땅을 원래의 주인에게 돌려주지 않고 국가가 차지하면서, 일본의 수탈이나 새로 들어선 정부가 별다른 변화를 일으키지 않았다는 점을 비판하고 있어.

해방 후 미군정청은 소작료를 3:1 제로 바꾸어 토지문제에 변화를 가져왔으나 전면적 토지개혁이 이루어지지 않았어. 일본인들의 재산을 국유화하는 방향으로 정책을 세웠고, 미군정은 일본인 소유의 재산을 관리하고자 했지만, 접수와 관리가 늦어졌어. 그 결과, 친일 성향이 있거나 일본인 소유자와 가까웠던 사람들이 이러한 재산을 불법으로 차지하거나 위임받는 일이 발생했어.[78]

---

78) 강만길, 『한국현대사』, 창작과 비평, 1985, 230쪽 참조.

농민들에게 논은 단순한 땅이 아니라 삶의 기반이자 존재의 의미였어. 논을 잃는다는 것은 곧 생계를 잃고, 삶 자체가 무너지는 것을 의미하지. 우리나라는 전통적으로 농업 중심의 사회였고, 광복 직후인 1945년에도 인구의 절반 이상이 농민이었기에, 「논 이야기」는 당시 국민의 정체성을 대변하는 '땅'이라는 소재의 중요성을 보여 주고 있어.

독립이 되기로서니, 가난뱅이 농투성이('농부'를 낮잡아 이르는 말)가 별안간 나으리 주사 될 리 만무하였다. 가난뱅이 농투성이가 남의 세토(貰土 소작) 얻어 비지땀 흘려 가면서 일 넌 농사 지이 절반도 넘는 도지(소작료) 물고, 나머지로 굶으며 먹으며 연명이나 하여 가기는 독립이 되거나 말거나 매양 일반일 터이었다.[79]

당시 사람들은, 나라가 독립하면 가난하고 힘든 농민의 삶이 나아지리라는 희망에 찼어. 그러나 실질적으로 농민

---

79) 박완서 외, 『한국단편소설 70』, 리베르, 2013, 242쪽.

들의 삶은 변화하지 않았어. 여전히 소작료를 지불하고, 굶주리며 연명했어.

한 생원네는 한 생원의 아버지의 부지런함으로 장만한, 열서너 마지기와 일곱 마지기의 두 자리 논이 있었다. 선대의 유업도 아니요, 공문서(空文書 무등기) 땅을 거저 주운 것도 아니요. 버젓이 값을 내고 산 것이었다. 하되 그 돈은 체계나 돈놀이(고리대금업)로 모은 돈이 아니요, 품삯 받아 푼푼이 모으고 악의악식(惡衣惡食 너절하고 조악한 옷을 입고 맛없는 음식을 먹음)하면서 모은 돈이었다. 피와 땀이 어린 땅이었다. 그 피땀 어린 논 두 자리에서, 열서 마지기를 한 생원네는 산 지 겨우 오년 만에 고을원(군수)에게 빼앗겨 버렸다.

지금으로부터 오십 년 전, 갑오 을미 병신 하는 병신(丙申)년, 한 생원의 나이 스물한 살 적이었다. 그 안해(바로 전 해. 전년) 을미년 늦은 가을에 김 아무라는 원이 동학란에 도망친 원 대신으로 새로이 도임(到任 지방 관리가 근무지에 도착함)을 해와서, 동학의 잔당을

한 생원의 아버지는 선대의 유산이나 우연한 행운이 아닌, '너절하고 조악한 옷을 입고 아껴 가며 장만한 땅' 그러니 자신의 부지런함과 검소함으로 열세 마지기와 일곱 마지기의 두 자리 논을 장만하였어. 그러나 이 소중한 논 중 열세 마지기는 한 생원이 스물한 살이던 병신년(1896년)에 고을 원님에게 빼앗기게 돼. 이는 당시 동학 농민 운동의 잔당을 소탕한다는 명목으로 이루어진 부당한 권력 행사로, 한 생원의 아버지는 동학에 가담하지 않았음에도 불구하고 억울하게 누명을 쓰고 옥에 갇히게 되었지. 고을 원님은 한태수의 석방 조건으로 논 열세 마지기의 문서를 바칠 것을 요구해. 가족들은 가장의 생명을 구하기 위해 어쩔 수 없이 이에 응하게 되지.

---

80) 앞의 책, 243쪽.

일본이 항복을 하던 바로 전의 삼사 년에, 공출이야 징용이야 하면서 별안간 군색함과 불안이 생겼던 것이지, 그 밖에는 나라가 망하여 없어지고서 일본의 속국 백성으로 사는 것이, 경술년 이전 나라가 있어 가지고 조선백성으로 살적보다 별양 못한 것이 한 생원에게는 없었다. 여전히 남의 세토를 지어, 절반 이상이나 도지를 물고 그 나머지를 천신하는 가난한 소작인이요, 순사나 일인이나 면서기들의 교만과 압박보다 못할 것도 없거니와 더할 것도 없었다.[81]

일제 강점기 동안, 일본은 우리 민족에게 쌀과 같은 식량을 강제로 가져가거나, 사람들을 강제로 노동에 동원했어. 해방 후에도 많은 농민은 여전히 가난한 소작농으로 남아 있었고, 경찰이나 면서기 같은 관리들은 전혀 바뀌지 않았어. 그리고 농민들은 여전히 남의 땅에서 소작하고, 소작료의 절반을 국가나 지주에게 바쳐야 하며, 나머지로 겨우 살아가는 처지였어. 또한, 순사나 일본인, 면서기들

---

81) 앞의 책, 245~246쪽.

이 이들에게 가하는 압박과 교만이 더 심각해졌어.

이러한 경험은 한 생원에게 국가에 대한 깊은 실망과 무력감을 느꼈어. 그는 "결국 그러고 보니 나라라고 하는 것은 내 나라였건 남의 나라였건 있었댔자 백성에게 고통이나 주자는 것이지. 유익하고 고마울 것은 조금도 없는 물건이었다. 따라서 앞으로도 내 나라는 말고 더한 것이라도, 있어서 요긴할 것도, 없어서 아쉬울 일도 없을 것이었다."라고 말하면서 나라의 독립이나 존재 자체가 자신의 삶을 개선시키지 못하며, 오히려 고통만을 가중한다고 생각했어.

아무도 한덕문에게 상답 한 마지기를 열 냥씩에 팔려는 사람은 없었다. 이왕 일인 요시카와에게 팔면 그 갑절 스무 냥씩을 받는 고로 말이었다. 필경 돈 아흔 냥은 한덕문의 수중에서 한 반년 동안 구르는 동안 스실사실('슬금슬금'의 방언) 다 없어지고 말았다. 이리하여 한덕문은 논 일곱 마지기로 겨우 빚 쉰 냥을 갚고

는, 아무것도 남은 것이 없이 손 싹싹 털고 나선 셈이
었다.[82]

아버지와 달리 살림에 무능하고 술과 노름에 빠져 많은
빚을 지게 된 한 생원(한덕문)은 빚을 갚기 위해 남은 논마
저 일본인 요시카와에게 팔게 돼. 한 생원은 요시카와가
시세보다 두 배나 비싼 가격으로 논을 사겠다고 하자, 빚
도 갚고 다른 논도 살 수 있다는 생각에 자신의 논을 팔았
어. 그러나 요시카와가 주변 땅값을 올려놓아서 논은 살
수가 없었어. 한 생원은 요시카와한테 판 논이, 광복이 되
면 다시 주인에게 돌아오리라 생각했지. 그러나 논은 농장
관리인 강태식을 거쳐 다른 사람에게 넘어갔고, 일부 사람
들은 일본인 농장과 재산을 부당하게 처분하고 있었어.

"일없네. 난 오늘버틈 도루 나라 없는 백성이네. 제길,
삼십육 년두 나라 없이 살아왔을려드냐. 아니 글쎄, 나
라가 있으면 백성한테 무얼 좀 고마운 노릇을 해 주어

---

82) 앞의 책, 252쪽.

야 백성두 나라를 믿구 나라에다 마음을 붙이구 살지.

녹립이 됐다면서 고작 그래, 백성이 차지할 땅 뺏어서

팔아먹는 게 나라 명색야?"

그러고는 털고 일어서면서 혼잣말로

"독립됐다구 했을 제, 내, 만세 안 부르기, 잘했지."[83]

한 생원의 "차라리 나라 없는 백성이 낫다"라는 말은 국가 자체를 부정하는 게 아니라, 국가에 대한 회의감과 비판을 말하는 거야. 이 말은 겉으로 보면 과격한 발언처럼 들리지만, 한 생원의 상황을 보면 이해할 수 있어. 구한말에도, 일제 강섬기에도, 광복 후에도 국가는 그의 삶을 나아지게 하지 못했어. 나라가 있어도 나라를 잃어도 그의 삶은 여전히 가난하고 억압받는 소작농의 삶일 뿐이었으니까.

국가가 정의롭고 공정하게 운영되지 않는다면, 그 존재 의미가 없다는 비판이야. 이는 친일파 기득권 세력과 새로

---

83) 앞의 책, 260~261쪽.

운 국가 권력에 대한 당시 사람들의 불신을 보여 주고 있
어. 작가는 '국가가 누구를 위한 것이어야 하는가'에 대한
질문을 던지는 거라고 봐. "국가가 없다"라는 말이 아니라,
진정한 국가라면 '개인의 생존'과 '권리'를 보호해야 한다는
점을 강조하는 거야. 국가가 국민을 보호하지 못하는 모순
적인 상황을 보면, 그 당시 국민의 삶이 얼마나 답답하고
힘들었을지 상상이 잘 되지 않아.

홉스의 사회계약론에 따르면 국가는 개인의 생명과 재
산을 보호하고 사회 질서를 위해 존재한다고 해. 홉스는
인간이 자연 상태에서는 서로를 해칠 위험이 크기 때문에,
모두가 평화를 위해 '국가'라는 권력에 동의하고 복종한다
고 설명했어.[84] 하지만 채만식의 「논 이야기」에서는 국가
가 오히려 농민들에게 불의와 고통을 주지. 보호받아 마땅
한 국민이 위협받는다면, 그것은 결코 정당화될 수 없어.
그렇다면 국가는 과연 어떤 역할을 해야 할까? 독립되면

---

84) 토마스 홉스, 『리바이어던』, 최공웅, 최진원 옮김, 동서문화사, 2021,
226~231, 256~263쪽 참조.

모두가 행복할 거라고 믿었지만, 왜 농민들의 삶은 여전히 힘들었을까? 나라가 백성을 위해 존재하지 않는다면, 그 나라는 정말 정당할까?

우리가 바라는 진정한 국가는 국민 모두를 존중하고, 약자의 권리를 보호하며, 평등한 기회를 보장하는 나라일 거야. 하지만 현실 속에서 국가는 언제나 그런 역할을 잘 해 왔을까? 「논 이야기」는 이러한 질문을 던지며, 국가의 본질적인 역할과 그 책임에 대해 다시금 깊이 생각하게 해.

닫는 질문

과연 국가는 누구를 위해 존재해야 하며, 우리는 어떤 국가를 만들어 가야 할까?

11. 손창섭 – 「비 오는 날」(1953)
절망 속에서도 길을 찾으며

만약 우리의 삶이 고통만 가득하고 무의미하다면, 너는 어떻게 살아갈 거야?

실존주의는 '나는 누구인가? 나는 무엇을 해야 하는가?' 라는 질문을 통해 자신을 찾아가는 철학이야. 우리의 삶은 매 순간 선택의 연속이고, 그 선택에는 자유와 불안이 공존해. 실존주의는 이러한 선택과 책임을 통해 스스로 삶을 만들어 가는 것을 강조하지.[85]

1950년대 한국에서 실존주의가 유행한 것은 한국전쟁

---

85) 장폴 사르트르, 『존재와 무』, 변광배 옮김, 살림, 2005, 2부 「존재와 무의 핵심 사상」, 120~122쪽 참조.

이라는 큰 아픔과 관련이 있어. 이는 제1차와 제2차 세계대전 후 서구에서 실존주의가 퍼진 배경과 비슷해. 서구에서는 전쟁을 통해 인간의 욕심과 폭력, 과학기술의 위험성이 드러나면서, 이성에 의존한 근대 문명이 가진 한계에 대해 고민하는 사람들이 많아졌고, 이런 흐름 속에서 실존주의가 등장[86]하게 됐어.

이 당시 소설은 전쟁 때문에 신체적인 훼손을 입거나 정신적인 피해와 상처를 입은 사람들을 대표적인 주인공으로 생생하게 묘사하고 있어. 전쟁으로 인해 신체나 정신에 장애를 입은 사람들은 선생의 가장 직접적인 희생자를 상징해. 「비 오는 날」에서도 병자와 장애인, 삶의 의욕을 잃은 사람들이 집단으로 등장하는데, 이는 전쟁 직후 정신적 가치 기준이 사라진 현실을 묘사하며, 그들의 왜곡된 모습을 통해 독특한 세계를 보여 주고 있어.[87]

---

86) 최창근, 「1950년대 실존주의의 유행과 '불안'에 대한 고찰」, 전남대학교 호남학연구원, 2013, 참고.
87) 김윤식, 김우종 외 38, 『한국현대문학사』, 현대문학, 1989, 372쪽.

특히 전쟁으로 몸과 마음에 상처를 입은 남매의 이야기는 내면을 얼마나 황폐하고 절망에 빠뜨리는지 보여 주고 있어. 동욱은 무기력에 빠져 현실을 회피하며 실패한 삶을 이어 가고, 동옥은 경제적 자립을 통해 고난을 극복하지만, 그 노력은 단순한 생존을 위한 선택에 머물고 말았어.

> 이렇게 비 내리는 날이면 원구의 마음은 감당할 수 없도록 무거워지는 것이었다. 그것은 -중략-동욱과 그의 여동생 동옥이 생각나는 것이었다. 그들의 어두운 방과 쓰러져 가는 목조 건물이 비의 장막 저편에 우울하게 떠오르는 것이었다. 비록 맑은 날일지라도 -중략- 원구의 머릿속에 떠오르는 동욱과 동옥은 그 모양으로 언제나 비에 젖어 있는 인생들이었다.[88]

동욱의 친구 원구는 동욱과 그의 누이동생 동옥이 '비에 젖은 인생'을 살아가는 모습을 보며 불쌍하고 가련하다는 감정을 느껴. 비가 내릴 때마다 원구의 마음은 감당하기

---

88) 박완서 외, 『한국 단편소설 70』, 리베르, 2013, 380쪽.

어려울 만큼 무거워지는데, 이는 동욱 남매의 스산한 생활 풍경이 마치 영화 스크린을 통해 생생히 비치는 듯 떠오르기 때문이야. 원구는 빗소리를 들을 때마다, 비의 장막 너머로 어두운 방과 쓰러져 가는 목조 건물, 그리고 동욱 남매의 모습이 떠올라 더욱 괴롭고 안타까운 심정에 사로잡히지.

그런데 이상한 것은 동옥을 대하는 동욱의 태도였다. 대수롭지 않은 일에도 이년 저년 하고 욕을 퍼붓는 것이다. 부엌에서 들여보내는 음식 그릇을 한 손으로 받는다고 해서, 이년아 한 손으로 그러다가 또 떨어뜨리고 싶으냐, 하고 눈을 흘겼고 남포에 불을 켜는 데 불이 얼른 댕기지 않아 성냥개비를 두 개비째 꺼내려니까 저년은 밥 처먹구 불두 하나 못 켜, 하고 노려보는 것이었다.

생활비도 둘이 꼭 같이 절반씩 부담한다는 것이다. 동옥은 자기가 병신이기 때문에 부모 말고는 자기를 거

두어 오래 돌봐 줄 사람이 없으리라는 것이다. 오빠도
언제든 자기를 버릴 것이 아니겠느냐, 그렇기 때문에
자기는 자기대로 약간이라도 밑천을 장만해 두어야
비참한 꼴을 면하지 않겠느냐고 한다는 것이었다.[89]

어느 날, 원구는 동욱의 집에 들렀다가 동욱이 음식을
만들며 동옥에게 막말을 퍼붓는 모습을 보게 돼. 원구가
"왜 동옥이를 위로해 주지 않고 그렇게 사납게 구느냐?"라
고 묻자, 동욱은 "병신 고운 데 없다고, 그년 맘 쓰는 게 다
틀렸다"라는 거친 말을 내뱉었어. 동욱은 동옥이 장애 때
문에 자신이 버려질까 봐 두려워 경제적 자립을 위해 모든
것에 반반씩 나누자고 하는 태도가 안타까우면서도 화가
난다고 했어.

술이 몇 잔 들어가 얼근해지자 동욱은 초상화 '주문 도
리'(주문 받는 일)를 폐업했노라고 했다. 요즘은 양키
('미국 사람'을 낮추어 부르는 말)들도 아주 약아져서

---

89) 앞의 책, 387쪽.

까딱하면 돈을 잘리거나 농락당하기 일쑤라는 것이
다. -중략- 며칠 전에는 돈 받으러 몰래 들어갔다가 순
찰 장교에게 걸려서 하룻밤 멍키 하우스(유치장)의 신
세를 지고 나왔다는 것이다.[90]

　　며칠이 지나, 원구는 리어카를 맡겨 두고 동욱에게 함께
저녁을 먹자고 권했어. 그러나 동욱은 밥보다 술이 더 절
실하다며, 술에 취해 초상화 주문 일을 접었다고 털어놓았
어. 또한, 미군 부대 출입이 엄격해지고 양키들도 영악해
져 돈을 제대로 주지 않아, 몰래 들어가다 유치장까지 갔
던 일을 털이놓았어.

　　초상화가 팔리지 않게 된 다음부터는 동옥은 초조와
불안 속에서 한층 더 자신의 고독을 주체하지 못해 쩔
쩔맨다는 것이었다. -중략- 술집을 나와 동욱은 이번
에도 원구의 손을 꼭 쥐고 자기는 기어코 목사가 되겠
노라고 했다. 동옥을 위해서나 자기 자신을 위해서나

---

90)　앞의 책, 389쪽.

그것만이 이 무거운 짐을 조금이라도 덜 수 있는 유일
한 길인 것 같다는 것이었다.[91]

동욱은 동옥이 초상화가 팔리지 않아 초조해하는 모습
을 보며 안타까움을 느꼈어. 그러면서 원구에게 "내가 자
네라면 동옥이와 결혼할 거야. 그래, 결혼하고 말지"라고
말했어. 술집을 나선 뒤에도 동욱은 원구의 손을 꼭 붙잡
고, 목사가 되겠다고 다짐해. 그 결정은 동옥을 위해서든
자신을 위해서든 무거운 삶의 짐을 덜어 낼 수 있는 유일
한 길처럼 느껴졌기 때문이야.

죽지나 않았을까, 자살을 하든 굶어 죽든……하고 혼잣
말처럼 중얼거리며 돌아서는 원구의 등에다 대고, -중
략- 얼굴이 고만큼 반반하고서야 어디 가 몸을 판들
굶어 죽기야 하겠느냐는 말에, 이상하게 원구는 정신
이 펄쩍 들어 이놈 네가 동옥을 팔아먹었구나 하고 대
들 듯한 격분을 마음속 한구석에 의식하면서도, 천근

---

91) 앞의 책, 390쪽.

의 무게로 내리누르는 듯한 육체의 중량을 감당할 수 없어 그는 말없이 발길을 돌이키었다.[92]

　동옥이 미군 부대를 돌아다니며 초상화를 그려 번 돈을 집주인 노파에게 빌려줬는데, 노파가 집을 판 뒤 달아나 버려 둘이 돈도 돌려받지 못한 채 쫓겨나게 되었어. 이 소식을 들은 원구는 동욱의 집에 들렀는데 집주인이 혼잣말처럼 "중요한 옷가지랑은 꾸려 갖고 간 모양이니 자살을 할 의사는 없었음이 분명하고, 한편 병신이긴 하지만 얼굴이 고만큼 반반하고서야 어디 가 몸을 판들 굶어 죽기야 하겠느냐"리고 중얼거리는 것을 듣게 돼.

　이어 "동옥이 병신이긴 해도 얼굴이 꽤 고운 편이니, 어디 가서 몸을 팔아도 굶어 죽진 않겠지"라고 비아냥대듯 말하자, 원구는 순간 정신이 번쩍 들며 '이놈이 동옥을 팔아넘겼구나!' 하는 격분이 치밀어 오르게 돼. 그러나 온몸이 천근처럼 무거워 분노를 제대로 표출하지 못하고, 말없

---

92)　앞의 책, 392쪽.

이 무거운 발걸음을 돌릴 수밖에 없었어.

결국 「비 오는 날」 속에서 동욱과 동옥이 보여 주는 모습은, 전쟁으로 망가진 현실 속에서 어떻게든 살아남기 위해 몸부림치는 사람들의 실존적 투쟁을 대신 보여 주고 있어. 동욱은 무기력과 술에 매달려 스스로 잃어 가고, 동옥은 장애를 지닌 몸으로도 자립을 꿈꾸며 조금이라도 '나은 내일'을 마련하려 했어.

전쟁 이후 피폐해진 세계에서 의미를 찾아가는 일은 결코, 쉽지 않아. 우리가 살아가는 요즘도 다른 면에서 피폐하다고 말할 수 있지. 이런 현실 앞에서 우리는 자신에게 더더욱 질문을 던져야 해. '이런 상황에서 나는 어떻게 살아갈 것인가?' 힘든 현실 속에서도 우리가 끝까지 지키고 싶은 가치는 무엇인가, 절망 속에서도 어떤 선택과 책임을 질 수 있을까?

어쩌면, 그렇게 내리는 결정과 방향 전환이 결국 우리의 '실존'을
만들어 가는 것 아닐까?

12. 오상원 -「유예」(1955)
총성과 함께 사라진 인간다움

우리는 살아가면서 얼마나 많은 선택을 해야 할까?

취향에 따라 음식을 선택하기도 쉽지 않은데 삶을 살아가는 가치관을 선택한다는 건 얼마나 어려울까? 그중에서도 이념과 관련된 선택은 더 어려울 수 있어. '이념'은 세상을 이해하고 판단하는 기준 같은 거야. 쉽게 설명해 보자면 자본주의는 개인 가게가 경쟁하는 시장, 공산주의는 모두가 함께 일해 수익을 나누는 공동 농장 같은 시스템을 떠올릴 수 있어.

「유예」는 강요된 이념 앞에서 자신만의 자유와 존엄성을 지키기 위해 공산주의를 거부하는 주인공 '나'의 이야기야.

만약 누군가가 정치 이념 중 자본주의나 공산주의를 선택하라고 강요하고, 선택하지 않으면 '벌을 받거나 목숨이 위험해질 수 있다'고 한다면 우린 어떤 선택을 해야 할까?

한반도의 분단은 제2차 세계대전이 끝난 1945년, 일본이 패망한 후부터 시작되었어. 북쪽은 소련의 지원을 받아 공산주의 체제로, 남쪽은 미국의 지원 아래 자본주의 체제로 형성되었어. 1950년 한국전쟁(6·25 전쟁)은 공산주의와 자본주의라는 이념 갈등이 직접 폭발한 사건이야. 이념의 강요 속에서 많은 개인이 희생되었고, 당시 전쟁과 분단의 상처는 지금도 이어지고 있어. 「유예」는 이런 이념적 대립과 갈등 속에서 개인이 자신의 정체성과 인간다움을 지키는 것이 얼마나 중요한지를 이야기해 주고 있어.

한 시간 후면 모든 것은 끝나는 것이다. 사박사박 걸음을 옮길 때마다 발밑에 부서지는 눈, 그리고 따발 총구를 등 뒤에 느끼며, 앞장서 가는 인민군 병사를 따라 무너진 초가집 뒷담을 끼고 이 움 속 감방으로 오던

자신이 마음속에 삼삼히 아른거린다. 한 시간 후면 나
는 그들에게 끌려 예정대로의 둑길을 걸어가고 있을
것이다.[93]

　　주인공 '나'는 인민군에게 포로로 잡혀 처형을 앞두고 있
어. 이때 인민군은 그에게 "소속 사단은? 학벌은? 고향은?
군인에 나온 동기는? 공산주의를 어떻게 생각하시오? 미
국에 대한 감정은? 그럼…… 동무의 말은 하나도 이치에
당치 않소. 동무는 아직도 계급의식이 그대로 남아 있소.
출신 계급을 탓하지는 않소. 오해하지 마시오"라는 말을
해. 공산주의 사회에서 개인의 출신 배경이나 계급의식을
문제 삼는 모습을 볼 수 있어. 이런 상황에 인민군에게 잡
힌 주인공 '나'는 처형되기까지 "다시 한번 생각할 여유를
주겠소. 한 시간 후, 동무의 답변이 모든 것을 결정지을 거
요."라는 인민군의 말처럼 한 시간의 삶의 유에 기회를 얻
게 돼. 그는 전향을 선택하면 목숨을 구할 수 있지만, 신념

---

93)　박완서 외, 『한국단편소설 70』, 리베르, 2013, 396쪽, 《한국일보
　　1955》.

을 지키기 위해 전향을 거부하게 돼.

> "사람은 서로 죽이게끔 마련이오. 역사란 인간이 인간
> 을 학살해 온 기록이니까요. 그렇게 생각지 않으시오?
> 난 전투가 제일 재미있소. 전투가 일어나면 호흡이 벅
> 차고 내가 겨눈 총구에 적의 심장이 아른거릴 때마다
> 나는 희열을 느낍니다."94)

　주인공 '나'는 적진 깊이 들어갔다가 후퇴하며 부하들을
잃었어. 그때 총소리가 들리고, 선임하사가 쓰러졌어. 전
투가 재미있다고 밀했던 선임하사는 쓰러지면서 "사람은
결국 서로 죽이게 되어 있고, 이제 내 차례가 왔다"라는 말
을 남기고 의식을 잃고 말아. 주인공 '나'는 그런 선임하사
를 뒤로하고 다시 눈길을 걸어 남쪽으로 향하지. 선임하
사는 사람들이 서로 싸우는 게 역사의 큰 부분을 차지한다
고 말했지. 또, 전투가 일어날 때 큰 흥분을 느끼고, 그 순
간을 역사가 만들어지는 때로 봤어. 즉, 싸움이 인간의 일

---

94)　앞의 책, 400~401쪽.

부이고, 이런 싸움을 통해 역사가 만들어진다고 생각했지. 이 말은 우리가 어떻게 서로 다르게 살아갈 수 있을지, 폭력 없이 평화롭게 역사를 만들어 갈 수 있을지 생각하게 만들어.

전쟁은 사람들에게 큰 상처를 줘. 전쟁 중에는 무언가를 지키거나 얻으려는 목표가 결국 무의미해지는 것처럼 보일 수 있어. 심지어 인간이 태어난 이유조차 죽음을 향하는 것처럼 느껴질 수 있어. 이러한 이야기는 전쟁이 인간 존재를 얼마나 무의미하고 허무하게 만드는지를 잘 보여 줘.

"생명체와 도구는 다른 것이오. 나는 포로가 되었을 때 비로소 내가 확실히 호흡하고 있는 인간이라는 것을 알았을 뿐이오. 나는 기쁘오. 내가 한 개의 기계나 도구가 아니었다는 것. 하나의 생명체인 인간으로서 살아 있었다는 것. 그리고 인간으로서 죽어 간다는 것. 이것이 한없이 기쁠 뿐입니다."95)

---

95) 앞의 책, 403쪽.

주인공은 '나'는 이렇게 남하하던 중 아군이 북한군들에게 처형되는 장면을 목격하고 적의 사수에게 총을 쏘았다가 붙잡히게 돼. 주인공 '나'는 포로로서 적의 회유와 강압 속에서도, 자신을 단순한 도구나 기계가 아닌 자유의지를 가진 생명체임을 깨달아. 그의 선택은 이념에 대한 충성이라기보다 인간의 가치를 지키려는 결정이었어. 한 시간이라는 짧은 시간은, 주인공 '나'에게는 자기 삶과 죽음, 신념과 정체성을 결정짓는 압축된 순간이야.

그는 살기 위해 이념을 버릴 수 있었지만, 그렇게 하면 자신이 추구하지도 않는 이념을 목숨과 바꾸는 것과 같았어. 주인공 '나'의 선택은 인간다운 삶을 위한 투쟁이며, 이념과 사회적 규범의 강요 속에서 자신을 어떻게 지켜야 하는지 보여 주었어.

놈들은 멋적게 총을 다시 거꾸로 둘러메고 본부로 돌아들 갈 테지. 눈을 털고 주위에 손을 비벼 가며 방 안으로 들어갈 것이다. 몇 분 후면 화롯불에 손을 녹이며 아무 일도 없었던 듯 담배들을 말아 피우고 기지개

를 할 것이다. 누가 죽었건 지나가고 나면 아무것도 아
니다. 모두 평범한 일인 것이다. 의식이 점점 그로부터
어두워 갔다. 흰 눈 위다.[96]

주인공 '나'의 죽음은 놈들에게는 단지 또 하나의 평범한
사건일 뿐이야. 총살 직후에도 그들은 아무 일도 없었다는
듯 화롯불에 손을 녹이고 담배를 피우며 일상으로 돌아갈
거야. 이는 전쟁 속에서 한 개인의 죽음이 얼마나 일상적
이고 무의미하게 취급되는지를 보여 주고 있어. 인간의 생
명은 소중한 것이지만, 전쟁이라는 비극 속에서는 그 가치
가 철저히 왜곡되며 사소한 것으로 치부되고 있어.

전쟁이라는 극한 상황 속에서 중요한 것은 이념의 우월
성이 아니라, 인간으로서의 존엄을 지키기 위한 '고민과
선택'이라고 작품은 말하고 있어. 우리는 각자 다른 생각
을 가지고 살아가고, 추구하는 바도 다를 수 있어. 하지만
이를 옳고 그름으로 판단하기보다는, 서로의 다름을 이해

---

96) 앞의 책, 406쪽.

하고 존중하려는 태도가 더욱 중요함을 알아야 해. 전쟁이라는 비극 속에서 우리가 끝까지 지켜야 할 것은 결국 이념이 아니라, 인간으로서의 자유와 존엄성이야.

우리는 자유와 존엄성을 지키기 위해 어떤 결정을 내려야 할까?

13. 하근찬 – 「수난이대」(1957)
부자의 다리, 함께 가는 길

전쟁은 왜 일어날까?

전쟁은 주로 서로 다른 생각과 가치관이 충돌하면서 시작돼. 정치, 종교, 이념의 차이를 조율하지 못하거나, 한쪽이 상대를 억누르려 할 때 갈등이 깊어지지. 결국, 대화를 포기하고 힘으로 문제를 해결하려는 순간, 전쟁은 일어나게 되는 거야.

보통 전쟁은 상대방에게 "우리는 이제 전쟁을 시작하겠다"라는 선전포고하고 나서 시작한다고 생각하기 쉽지만, 실제로는 선전포고 없이 갑작스럽게 일어난 경우도 많아. 예를 들어, 20세기 초 국제법(1907년 헤이그 협약)에서는 전쟁을 시작하기 전에 상대국에 전쟁을 알리거나 적대 행위를 통보해야 한다고 규정하고 있었어. 하지만 일본이 진주만을 기습 공격했을 때처럼, 선전포고 없이 전쟁이 시작된 사례도 있었지. 이런 행동은 국제 규범을 어긴 대표적인 사례로 꼽혀. 북한이 도발을 통해 갑작스럽게 갈등을 일으키는 경우도 이와 비슷하다고 볼 수 있어.

전쟁은 서로 다른 생각과 가치관의 갈등에서 시작되며, 국제법 같은 규칙이 있어도 전쟁을 완전히 막지 못한 사례들이 역사 속에 반복되고 있어. 이런 역사를 되새기며, 갈등을 대화와 협력으로 풀이 기는 방법을 고민하는 게 정말 중요하다고 생각해.

전쟁은 사람들의 삶과 역사를 뒤흔드는 가장 큰 비극이야. 우리나라는 제2차 세계대전 이후 독립했지만, 냉전 속에서 한국전쟁을 겪고 남북이 나뉘게 되었어. 지금도 정전 상태로 이어지고 있어. 갈등을 힘으로 해결하려 하면 더 큰 상처만 남을 뿐이야. 그래서 평화와 대화를 통해 문제를 풀어야 하지 않을까?

대부분의 전후 작가는 전쟁의 상처로 황폐해진 도시 소시민의 내면세계와 구조에 관심을 기울였는데, 하근찬은 인정과 향토성이 짙은 농촌을 배경으로 그들이 겪는 민족적 수난을 사실적으로 묘사하는 일에 주력했어.[97] 그 속에 「수난이대」는 일제 강점기와 한국전쟁으로 인해 피해를 본 아버지와 아들의 모습을 잘 보여 주고 있어. 아버지는 식민치하에서 태평양 전쟁 때 일본에 의해 강제 징용되어 한쪽 팔을 잃는 고통을 겪었고, 아들은 6·25 전쟁 중 징병으로 전장에 나가 한쪽 다리를 잃는 비극을 겪게 돼. 두 사람은 각각 다른 시대에 다른 전쟁을 통해 신체적 상실이라는 고통을 경험하지만, 이러한 상처를 마주하며 서로를 의지하고 받아들이면서 삶을 이어 가려고 해.

「수난이대」는 이러한 과정을 통해 비극적인 민족적 역사를 상징적으로 드러내며, 수난 속에서도 삶을 지속하려는

---

97) 권영민, 『한국현대문학사 2』, 민음사, 1993, 131쪽.

인간의 강한 의지를 잘 보여 주는 작품이야.

> 북해도 탄광으로 갈 것이라는 사람도 있었고 틀림없
> 이 남양 군도로 간다는 사람도 있었다. 더러는 만주로
> 가면 좋겠다고 하기도 했다. 만도는 북해도가 아니면
> 남양 군도일 것이고, 거기도 아니면 만주겠지 설마 저
> 희들이 하늘 밖으로야 끌고 가겠느냐고 아무렇지도
> 않은 듯이 그 들창코로 담배연기를 푹푹 내뿜고 있었
> 다.[98]

태평양 전쟁은 세2차 세계대전 일부로, 일본과 연합국(미국 중심) 간의 전쟁이야. 일본은 자원 확보와 제국 건설을 목표로 1930년대부터 만주사변(1931)과 중일전쟁(1937)을 일으켰어. 이러한 일본의 침략 행위에 대응하여 미국은 경제 제재를 강화하고, 석유, 철강 등 전략 자원의 수출을 중단했어. 이에 일본은 1941년 하와이 진주만을 기습 공격하며 태평양 전쟁을 본격적으로 시작했어. 일본

---

98) 김동인외, 『한국단편소설 40』, 2012, 531쪽, 《한국일보 1957》.

은 남양 군도를 비롯한 태평양 지역에서 세력을 확장했으나, 연합국의 반격으로 점차 열세에 몰렸어. 1945년 미국이 히로시마와 나가사키에 원자폭탄을 투하한 후, 일본은 즉각적으로 항복했어. 이러한 시대적 배경 속에서 아버지는 일본에 의해 징용되어 남양 군도로 끌려가 비행장 건설을 위한 고된 노동 중 사고로 한쪽 팔을 잃고 말았어.

> 만도는 왼쪽 조끼 주머니에 꽂힌 소맷자락을 내려다보았다. 그 소맷자락 속에는 아무것도 든 것이 없었다. -중략- 볼기짝이나 장딴지 같은 데를 총알이 약간 스쳐갔을 따름이겠지. 나처럼 팔뚝 하나가 몽땅 달아날 지경이었다면 그 엄살스런 놈이 견뎌 냈을 턱이 없고 말고, 슬며시 걱정이 되기도 하는 듯. 그는 속으로 이런 소리를 주워섬겼다.[99]

그 후 6·25 전쟁이 발발하면서, 세계는 제2차 세계대전 이후 미국과 소련을 중심으로 자유주의 진영과 공산주의

---

99) 앞의 책, 528쪽.

진영으로 나뉘었어. 이 전쟁은 두 강대국의 갈등이 한반도에서 벌어진 전쟁으로 이어지며, 한반도의 분단을 더욱 고착화했지. 아들 또한 6·25 전쟁에 징병 되어 참전했다가 한쪽 다리를 잃고 돌아오게 돼.

아버지는 자신의 과거를 떠올리며 삼대독자인 아들만은 자기 모습과는 다르게 건강하게 돌아오길 바랐어. 아버지는 아들이 6.25 전쟁터에서 돌아온다는 통지를 받고 서둘러 역으로 나가나 병원에서 나온다는 소식에 마음이 편하지는 않았어.

"아부지!"
만도는 깜짝 놀라며, 얼른 뒤를 돌아보았다. …… 틀림없는 아들이었으나, 옛날과 같은 진수는 아니었다. 양쪽 겨드랑이에 지팡이를 끼고 서 있는데, 스쳐가는 바람결에 한쪽 바짓가랑이가 펄럭거리는 것이 아닌가.
"에라이 이놈아!"
만도의 입술에서 모지게 튀어나온 첫마디였다. 떨리

는 목소리였다. 고등어를 든 손이 불끈 주먹을 쥐고 있었다.[100]

아들은 징병을 마치고 돌아오면서 고향 기차역에서 아버지와 재회하게 돼. 아버지는 아들에게 줄 고등어 한 마리를 품에 안고, 지팡이를 짚고 서 있는 아들을 보며 마음이 무너졌지만, 애써 눈물을 참으며 "에라이 이놈아!"라고 모질게 한마디를 내뱉어. 이후 두 사람은 주막에 들러 간단히 식사하고 집으로 돌아가던 길에 아버지 만도는 아들에게 어떻게 이런 일이 벌어졌는지 묻게 돼. 아들은 수류탄 때문에 이렇게 되었다고 대답해. "이래 가지고 우째 살까 싶습니더."라는 아들의 질문에 "우째 살긴 뭘 우째 살아? 목숨만 붙어 있으면 다 사는 기다. 그런 소리 하지 마."라며 단단한 의지를 보여 줘.

집으로 가는 길, 마을 어귀에 있는 외나무다리에 이르자 부자는 처음으로 함께 힘을 모아야 하는 상황을 맞이하게

---

100) 앞의 책, 534, 537쪽.

돼. 아버지 만도는 머뭇거리는 아들에게 등에 업히라고 말
하고, 아들은 지팡이와 고등어를 각각 한 손에 들고 아버
지 등에 조심스럽게 올라타.

> "진수야, 그만두고, 자아 업자."
> 하는 것이었다.
> "업고 건너면 일이 다 되는 거 아니가. 자아 이거 받아라."
> 고등어 묶음을 진수 앞으로 민다.
> 진수는 퍽 난처해하면서, 못 이기는 듯이 그것을 받아
> 들었다. 만도는 등허리를 아들 앞에 갖다 대고, 하나밖
> 에 없는 팔을 뒤로 버쩍 내밀며,
> "자아, 어서!" 했다.[101]

그렇게 두 사람은 서로를 의지하며 외나무다리를 건너
고, 그 순간은 부자에게 함께한다는 것이 무엇인지 경험하
게 되었지. 진수가 지팡이와 고등어를 각각 한 손에 쥐고,
아버지의 등에 업히고 아버지는 팔뚝을 뒤로 돌려, 아들의

---

101) 앞의 책, 538쪽.

하나뿐인 다리를 꼭 안고 "팔로 내 목을 감아야 될 끼다."
라고 말하는 장면에서 울컥하지 않을 수 없었어.

우리는 아버지와 아들이 전쟁 속에서 보여 준 인간다움
을 통해, 일상에서도 잃지 말아야 할 가치를 배우게 됐어.
갈등과 경쟁 속에서도 서로 함께 도우며 주변의 아픔에 귀
기울이는 작은 실천들은 삶을 더 따뜻하게 만들어 준다는
거야.

시대의 역경의 흔적을 몸에 가진 부자의 태도를 볼 때, 가까운
이들과 함께 걸어간다는 것의 의미란 어떤 것일까?

14. 이범선 – 「오발탄」(1959)
방황하는 자유, 길을 잃은 삶

'오발탄'이라는 말, 어떤 의미일까?

오발탄은 '잘못 쏜 탄환'을 의미해. 사람이 목표나 방향을 잃어버렸을 때, 탄환처럼 한 번 쏘면 멈출 수도, 방향을 바꿀 수도 없어서 분제가 되지. 우리도 가끔 어디로 가야 할지 몰라 방황할 때가 있어. 어떻게 살아갈지 방향을 잘 잡는 것이 중요하다고 할 수 있어. 이 작품은 삶의 방향과 기준을 잡는 방법에 대해 생각해 보게 해. 결국, 사람은 어떤 상황에서도 자기 삶의 기준을 가지고 올바른 방향으로 나아가는 것이 중요해.

「오발탄」은 자기 삶의 방향을 잃고 무너져 가는 한 인물의 이야기야. 전쟁의 아픔을 담아낸 작가의 초기 작품이기도 하지. 주인공의 병든 어머니가 반복적으로 외치는 '가자!'는 말은 그저 노인의 헛소리가 아니라, 분단으로 인해 고향을 잃은 수많은 실향민의 비극적 그리움을 나타내는 말이야. 1950년대 한국 소설은 전쟁을 겪은 사람들의 경험과 전쟁 이후 사람들이 겪은 어려움에 관해 이야기하고 있어. 이런 점에서, 1950년대 소설은 전쟁이라는 시대적 상황과 밀접하게 연결된 문학사적 특징을 지닌다고 할 수 있어.

철호네 가족은 월남하여 해방촌에 살고 있었어. 해방촌은 타지인들의 땅이라고 말할 수 있어. 해방촌 구성원은 주로 다음과 같지. 과거에 사상과 종교 문제로 북에서 내려온 사람들과 전쟁 후 서울로 일자리를 구하러 모여든 지방민들이었어. 이들은 통일만 되면 특히 월남한 북한 주민들은 통일이 되면 북으로 돌아간다는 생각으로 살았지. "해방 직후 마을이 생긴데다 월남한 실향민들이 이북 지역이 해방(통일)되면 다시 돌아간다는 말을 입에 달고 살아

해방촌이라 불렸어."[102]

　우리는 이 작품에서 어머니의 '가자'는 절규가 무엇을 의미하는지 들여다볼 수 있어. 월남민인 어머니가 가고 싶은 곳은 전쟁 전의 고향이야. 주인공의 어머니는 지주로서 아쉬움이 없이 살던 고향이 얼마나 그리웠을까? 그리고 정신이상까지 찾아오게 된 어머니의 모습에 철호는 무엇을 느꼈을까?

　38선, 그것은 아무리 자세히 설명을 해 주어도 철호의 늙은 어머니에게만은 아무 소용없는 일이었다.
　"난 모르겠다. 암만해도 난 모르겠다. 삼팔선, 그래 거기에다 하늘에 꾹 닿도록 담을 쌓았단 말이냐 어쨌단 말이냐, 제 고장으로 제가 간다는데 그래 막는 놈이 도대체 누구란 말이냐."
　죽어도 고향에 돌아가서 죽고 싶다는 철호의 어머니

---

102)　홍진혁, 「오발탄, 박서방, 혈맥의 스타일적 차이에 따른 해방촌 재현의 의미」, 동국대학교 영상미디어센터, 씨네포럼, 2017.

였다.[103)

계리사 사무실의 서기로 일하는 철호는 퇴근해서 판잣집 대문에 들어설 때마다, '가자! 가자!'고 외치는 실성한 어머니의 목소리를 듣지. 철호는 어머니께 "어머니, 그래도 남한은 이렇게 자유스럽지 않아요?"라고 타일러 보지만 어머니는 아무런 반응이 없어. 철호가 생각하는 자유는 무엇이었을까? 자유를 찾아 나섰지만, 해방촌 사람들은 통일만 되면 전부 북으로 돌아간다는 마음으로 모여 살았어. 철호 어머니도 같은 심정이었어. 해방되면, 나라를 찾으면 자신의 집을 찾아갈 수 있으리라 생각했어. 자유를 찾아 내려온 남한은 예전에 누리던 풍족한 삶은 간 곳 없고, 대신 게딱지 같은 판잣집에서 지내게 되었어. 이런 현실을 보고 한탄할 수밖에 없었지.

"양심이란 손끝의 가십니다.…… 건드릴 때마다 깜짝깜짝 놀라는 거야요." 윤리요? 윤리, 그건 나이롱 빤쯔 같

---

103) 박완서 외 지음, 『한국단편소설 70』, 리베르, 2013, 414~415쪽.

은 것이죠. 입으나 마나 불알이 덜렁 비쳐 보이기는 매
한가지죠. 관습이요? 그건 소녀의 머리 위에 달린 리
봉이라고나 할까요? 있으면 예쁠 수도 있어요. 그러나
없대서 뭐 별일도 없어요. 법률? 그건 마치 허수아비
같은 것입니다.[104]

둘째 영호는 어머니의 원수를 갚겠노라고 자원해 군대
에 갔다가 배에 파편이 박히는 사고로 상이군인이 되었어.
경제적 궁핍과 좌절감을 느낀 그는 "이제 우리도 한번 살
아 봅시다"라고 형에게 말하지. "우리도 한번 살아 봅시다"
라는 말의 의미가 무엇일까? 지나치게 복잡하게 생각하지
말고, 단순하게 생각해서 용기 있게 행동하며 어려움을 극
복하자는 의미라고 할 수 있지.

그는 "아니 남들은 다 벗어던지구 법률선까지도 넘나들
면서 사는데, 왜 우리만이 옹색한 양심의 울타리 안에서
숨이 막혀야 해요. 법률이란 뭐야요. 우리들이 피차에 약

---

104) 앞의 책, 421~423쪽.

속한 선이 아니야요?"라며 양심을 '손끝의 가시'에 비유하며, 제거하면 아무렇지도 않은데 괜히 남겨 두어 불편하다고 말해. 윤리는 '나이롱 팬티'처럼 겉모습만 가릴 뿐 본질을 숨기지 못하며, 관습은 '소녀의 머리 리본'처럼 없어도 큰 문제가 되지 않는 장식에 불과하다고 생각해. 법률은 약자에게는 위협적이지만 강자에게는 무의미한 '허수아비'에 비유하며, 이러한 규칙들이 사회적 불평등과 억압의 구조 속에서 의미를 잃었다고 지적해. 결국, 영호는 이러한 개념들이 자신의 가난한 삶에 실질적인 도움이 되지 않는다고 느끼고 있어.

철호는 무심코 밖을 내다보았다.……미군 지프차가 한 대 와 섰다. 순간 철호는 확 낯이 달아올랐다. 핸들을 쥔 미군 바로 옆자리에 색안경을 쓴 한국 여자가 앉아 있었다. 그것이 바로 명숙이었던 것이다. 바로 철호의 턱밑에서였다. 역시 신호를 기다리는 그 지프차 속에서 미군이 한 손은 핸들에 걸치고 또 한 팔로는 명숙

의 허리를 넌지시 끌어안는 것이었다.[105]

1950년대는 한국전쟁 이후 미군이 주둔하던 시기에 일부 여성들은 미군과 가까이 지내며 돈을 벌어 가족을 부양하거나 생계를 유지하려 했어. 당시 이런 여성들을 사회는 '양공주'라고 부르며 부정적으로 바라봤어. '양'은 외국(주로 서양)을 뜻하고, '공주'는 비꼬는 표현이야. 막내딸 명숙을 통해 1950년대 전쟁 이후 한국 사회에서 가난한 여성들이 어떤 어려움을 겪었는지 알 수 있었어.

명숙은 생존을 위해 양공주를 선택했지만, 사람들은 그녀를 비난하고 그녀의 행동을 나쁘게만 보았어. 오빠 철호도 명숙의 모습에 충격을 받아. 여성들은 전쟁 후 돈을 벌 길이 막막했고, 미군과 가까이 지내는 일은 돈을 벌 수 있는 현실적인 방법의 하나였어. 명숙이의 선택한 돈벌이 수단은 비난받아야 할 개인의 일탈이 아니라, 당시 한국 사회의 가난과 전쟁 이후의 사회적 문제를 보여 주고 있어.

---

105) 앞의 책, 426쪽.

"어쩌다 오발탄 같은 손님이 걸렸어. 자기 갈 곳도 모
르게."

운전수는 기어를 넣으며 중얼거렸다. 철호는 까무룩
히 잠이 들어가는 것 같은 속에서 운전수가 중얼거리
는 소리를 멀리 듣고 있었다.

'아들 구실, 남편 구실, …… 해야 할 구실이 너무 많구
나. 너무 많구나. 그래, 난 네 말대로 아마도 조물주의
오발탄인지도 모른다.'106)

어느 날 철호는, 동생 영호가 강도로 체포되어 경찰서
에 있다는 연락을 받게 돼. 경찰서를 다녀온 뒤, 아내가
해산 중이라는 소식을 듣고 명숙이가 건네는 돈을 들고
급히 병원으로 달려가지만, 아내는 이미 싸늘한 시신이
되어 있었어.

강도로 잡힌 동생, 도덕적 가치관을 무너뜨리고 양공주
가 된 여동생, 아내의 죽음, 거듭된 사고에 충격을 받은 철

---

106) 앞의 책, 438쪽.

호는 무작정 거리를 헤매다가 치과에 들어가게 돼. 그는 의사의 만류에도 불구하고 그동안 돈이 없어 빼지 못했던 양쪽 어금니를 모두 빼 버려. 피가 많이 나와 어지럼증을 느낀 철호는 집에 가기 위해 택시를 타게 돼. 그는 해방촌으로 가자고 했다가 경찰서로 가자고 하고, 다시 병원으로 목적지를 바꾸어. 운전사는 "오발탄 같은 손님이 걸렸어."라고 중얼거리며 무작정 달려. 철호의 입에서 흘러내린 선지피는 그의 와이셔츠를 흥건히 적시게 되고, 종로라는 공간 속에서 월남인 철호는 가야 할 길을 잃어버리고 말았어.

철호네 가족은 자유를 찾아왔지만, 그 자유는 방향을 잃은 채 삶을 무겁게 짓눌렀어. 자유를 향한 열망이 있었지만, 그들이 마주한 현실은 혼란과 방황의 연속이었어. 결국, 그들의 삶은 자유를 쫓다 삶의 기준을 잃어버린, 표적 없는 탄환과도 같았어.

철호에게 양심을 지키며 살아간다는 것은 자기 삶의 기준을 세우고, 그에 따라 방향을 잡아 가는 일이었어. 하지만 그의 가족이 처한 현실은 너무나 가혹했어. 구조적인 가난과 사회적 절망감 때문에, 개인이 아무리 노력해도 쉽게 해결할 수 없는 어려움이 존재했어. 결국, 자유를 찾으려 했던 그들이 맞닥뜨린 것은 새로운 억압과 혼란이었어.

나는 철호의 이야기를 보면서, 우리가 흔히 당연하다고 여기는 것들, 양심, 윤리, 관습, 법률이 정말 개인을 위한 것인지, 아니면 사회가 만들어 낸 또 다른 굴레인지 고민해 봤어. 어떤 경우는 이러한 규범이 우리를 보호하지만, 때로는 그것이 오히려 자유를 억압하고 삶을 힘들게 만들기도 하잖아. 특히, 사회에서 강요하는 윤리 때문에 고통받는 철호의 여동생을 보면서 더 깊은 고민에 빠졌어. 나는 관습을 무조건 따르기보다 비판적으로 바라봐야 한다고 생각해. 법을 지키는 것도 중요하지만, 그 법이 누구를 위한 것인지 고민하는 것도 필요하다고 느꼈어.

이런 생각들은 다른 사람에게 강요할 순 없지만, 어리다는 이유로 어른들이 정한 규칙에만 얽매이지 말고, 더 넓은 시각으로 세상을 바라보면 어떨까? '왜 그렇게 해야 할까?'라는 질문도 던져보는 것도 유익할 거야.

양심, 윤리, 관습, 법률이 개인을 위한 것인지, 아니면 사회가 만들어 낸 또 다른 굴레인지 고민해 본 적 있어? 규칙과 자유 사이에서 우리는 어떤 태도를 보여야 할까?

에필로그

딸아이와 함께한 독서 여정은 제 인생에 새로운 용기와 방향을 가져다주었습니다. 그 여정에서 근현대소설은 단순한 이야기를 넘어, 인간의 내면과 사회적 갈등, 역사적 상황이 깊이 얽혀 있음을 깨닫게 해 주었습니다. 지금 저는 근현대소설을 통해 과거를 이해하고, 현재를 반성하며, 미래를 설계하는 도구로서의 매력에 깊이 빠져들고 있습니다.

8년 전, 김동리 작가의 「농구화」를 아이들에게 가르치면서 주인공 재혁이와 용이의 이야기에서 큰 깨달음을 얻었습니다. 용이는 미국인 집에서 하우스 키퍼로 일하는 부모님 덕분에 비싼 농구화를 신고, 가난한 집 재혁이는 해진 고무신을 신었습니다. 이 대조를 통해 학생들에게 경제적 어려움에 처한 아버지의 심정을 이야기해 보라고 했을 때, 한 학생이 "선생님, 왜 자꾸 아버지의 심정을 물어요? 우리 집은 잘살아요. 우리 아빠는 다 사줘요."라고 말했습니다. 그 순간, 근현대소설 속의 시대적 배경이 어른의 시선과 아이들이 받아들이는 시선이 다르다는 것을 절실히 깨닫게 되었습니다. 그때부터 저는 어떻게 하면 아이들이 시대를 공감하며 근현대소설을 쉽게 접할 수 있을지 고민하게 되었습니다. 그래서 한 작품씩 읽고, 그 안에서 역사를 찾아 이야기로 풀어내려고 노력했습니다. 이 책을 통해, 저는 학생들이 각 작품의 시대적 배경을 이해하고 인물들의 이야기를 따라가면서 자신과 타인의 감정을 이해하고 공감하는 능력을 키울 기회를 제공하고 싶습니다.

이 책을 완성하는 데 도움을 준 모든 분, 특히 저희 가족과 출판사 대표님에게 진심으로 감사드립니다. 가장 고마운 사람은 제 딸 현이입니다. 그녀는 제 인생의 전환점을 만들어 주었고, 이 책을 쓰는 데 있어서 끊임없는 영감을 제공했습니다. "현아, 엄마의 인생을 바꿔 줘서 정말 고마워."

마지막으로, 이 책을 읽을 독자들이 자신만의 역사적 이해와 연결점을 발견하시길 바랍니다. 역사는 우리 모두의 이야기이며, 각자의 삶에서 그 의미를 찾는 것도 중요한 여정입니다. 여러분도 이 책에서 영감을 받아 자신만의 이야기를 만들어 가시길 바랍니다.

이 모든 과정에서 얻은 깊은 깨달음을 여러분과 나누게 되어 기쁩니다. 감사합니다.